我们为此而活着

DLATEGO ŻYJEMY

WISŁAWA SZYMBORSKA

[波]
维斯瓦娃·希姆博尔斯卡
著
林洪亮 译

中国出版集团 东方出版中心

DLATEGO ŻYJEMY

WISŁAWA SZYMBORSKA

1952

我们为此而活着

(1952)

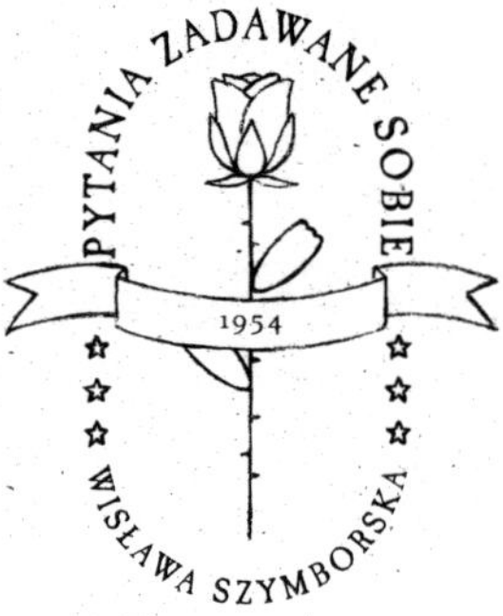
PYTANIA ZADAWANE SOBIE
1954
WISŁAWA SZYMBORSKA

向自己提问题

(1954)

WOŁANIE DO YETI

WISŁAWA SZYMBORSKA

1957

呼唤雪人
(1957)

SÓL

WISŁAWA SZYMBORSKA

1962

盐
(1962)

我们为此而活着

我们为此而活着

——来自斯大林格勒保卫战的历史材料的记事

海军陆战队战士——潘诺夫

燃烧弹在他头顶上
过早地炸裂开了。
被它袭击的那位战士，
全身冒起了红色火光。
但烈火没有消去意志，
他手拿最后一弹冲向敌人，
扔向坦克的绿色外壳，
人的亮光熄灭了。

狙击手连队连长——科莱加诺夫

他再也听不见子弹的呼啸声，
他抓起了枪支的把手，
他看不见战斗的硝烟，
他处在黑暗和寂静中。
他对几个活着的人说：
近卫军士兵们，决不退缩！
我们会牺牲——人民会活着，

他们会看见和记住这一切。

飞行员——罗佳尔斯基

机器已处在饱和状态中，
发动机已停止了轰鸣，
该跳伞了。或者牺牲。
牺牲。但要死得珍贵，
飞行员在掉落过程中，
在测算德军的辎重中心，
前线响起剧烈的爆炸声，
飞行员的生命也融入其中。

机枪连连长——扎伊切夫

心脏只留下一息生命，
但还够说出这一句话。
如果不把这句话说完，
他就很难会入土为安：
——孩子们，我快不行了，

我不想用话来打扰你们，
我只想要你们接受我入党，
我想死的时候成为共产党员。

坦克连指挥员——雅姆贝科夫
受到炮弹的袭击，
停留在街道边上，
坦克停住了，无法回去。
火光已烧进内膛，
指挥员放声唱起，
全体成员应和合唱：
“这是我们最后的斗争……”
接着是烟雾和歌声融为一体。

苏军战士在解放之日对波兰儿童说

当战争的炮弹把房屋击中，
房屋便留下了残垣断壁。
波兰孩子们，不要在防空洞里哭泣。
我们会尽力节省打击的火力，
我们不愿破坏你们的城市，
也不想毁坏你们的乡村。
战线将会以最快速度通过你们的国家，
我们会踏着敌人的尸体迅猛前进，
因此炸弹会少用，废墟会少出现。
我们的枪法很准，百发百中，
因为我们知道，在自由到来之前十分钟死去
该会多么悲痛！

这自由不是单一的，
而是一对双胞胎，一对快脚的姐妹。
因为来到这里的敌人
也不是你们的唯一敌人。
还有那些压迫你们祖辈的敌人，

他们剥夺了你们祖辈的青春和年华。
为了祖辈失去的青春和年华，
他们应受到你们的审判。
今天希望的大门为你们敞开，
明天你们就会让希望变成现实。
愿你们不再受到战斗的惊吓，
前线会像春雨那样一扫而过。

无名战士
之吻

诗人们，这是蹩脚的，
悲悼英雄之死的哀诗。
他需要的是这样的诗：
能让人惊羡，能激人悲愤。
他不需要泪水横流的纪念。
姑娘们知道得最清楚，
昨天他还向她们抛出了
信任的玩笑： 吻别。

这还不够

让心站在左边，这还不够，
我要学会思考、行动、说话。
激情的干草只能燃烧片刻，
第一步容易，第二步困难。
抛弃自己的阶级这还不够，
困难的是要在人们中间生活。
第三步、第四步、第七步更难，
愿轻松的诗歌不会欺骗你们。

四个

——纪念1886年1月28日在齐达德拉坡下被处死的“无产阶级党”党员[1]

看守们突然站住不动：
在万籁俱寂的深夜中，
有人在齐达德拉狱中歌唱，
耳朵能听出是四个人的声音。
这样的合唱这里从未出现过，
曲调并不悲伤而是特别高昂。

被判处绞刑的四个人，
高唱着革命的歌曲。
他们并不失去信念，并不绝望，
他们昂首挺胸地接受了死亡。
绝望只会出现在小人心上，
这样的人从未爱过别人。

1 波兰最早的工人政党，成立于1882年。齐达德拉是沙俄统治时期关押波兰政治犯的监狱，位于华沙的维斯瓦河畔。

他们一边放声歌唱，
一边注视着对方的眼睛。
他们知道他们接受过胜利的思想，
他们的阶级必将阔步前进，
他们的死只是损失，不是失败。
工人们决不会放下手中的武器，
哪怕是在他们牺牲后的片刻瞬间。

夜晚即将过去，黎明快要来临，
四个被处以绞刑的人
被带到齐达德拉的斜坡上。
他们向弟兄们作最后的告别，
随后便倒在这静默的土地上，
时至今日依然能听见他们的歌声。

女同龄人

我在逝去的年代写给
庆贺青春岁月的自己，
今天我已创作出
和这些年代相一致的作品。
当我和别人的嘴唇相吻，
当我和年幼者的嘴唇相吻，
当快乐、愤怒和过去的痛苦
都明显地出现在脸上，
那时候你的双手
就更需要楼梯上的扶手。

到那时你将经受生活在
年青同志们中间的巨大考验。
我为此而集中我的思想，
那不会随岁月逝去而生锈。
如果我在这次考验中失败，
像石头掉下深渊，孤独——
那是我青春年华的罪过，

后来更加明显更加孤独。
如果我在这次考验中获胜，
那我会毫不迟疑地继续前行，
那就意味着在青年时代
我没有延缓自己的步伐。
我想在临死时和年青的
共产党员医生分享友谊，
就像两个女同龄人一样，
让友谊增强她的力量。
因为她将来——正是她——
倾注于显微镜的领域，
给病魔最后的打击，
我的呼吸才得以延续。

欢呼建设
社会主义城市

从沥青和坚韧的意志中，
将出现宽广的街道。
从砖瓦和骄傲的勇敢中，
将涌现出一幢幢高楼大厦。
从钢铁和人们的觉悟中，
将会产生大跨度的桥梁。
希望将会带来绿草和丛林，
欢乐定会产生新抹的白灰泥。

社会主义的城市
是前途美好的城市。
没有市郊，没有贫民窟，
人人都友好相处。
我们有最年轻的城市，
我们也将有最古老的城市。
最年轻的城市与明天更接近，
最古老的城市离明天更久远。

致建设诺瓦胡塔[1]的青年

是谁建起了我居住的房屋？
是谁在基地上付出了劳动？
是泥瓦工、砌炉工、玻璃工和木匠。
他们会留在人们的记忆中。

凡是记性坏的阶级定会死亡。
我们选择的是最忠诚的记忆：
它本身就是一本敞开的书，
敞开在人们经常阅读的地方。

今天，年轻人，为了你们，
由于你们，城市在你们身边
开始了自己的生平传记。
每天都会记下你们的名字，
用华美的词句记下令人惊叹的事情，

1　诺瓦胡塔即新钢铁厂，在克拉科夫的郊区，是波兰在“二战”后新建的最大钢铁厂。

记下你们完成定额的劳动热情，
并会归入美丽的统计计划中。
因为这是工人的记忆，
是在为工人阶级服务。

我们的工人
谈帝国主义

他们仇视我们的煤炭，
他们仇视我们的砖瓦和线纱，
他们仇视我们取得的成就，
他们仇视我们将会建成的一切。

仇视我们的窗户和窗台上的花。
仇视我们的森林和林中的宁静。
甚至仇视春天，因为是我们的春天。
甚至仇视我们的学校和它愉快的儿童。

他们打开原子像打开保险柜一样，
除了恐吓，他们在柜里一无所获。
啊，如果他们能够，他们也会用
恐吓去攻击我们的房屋和工厂。

去攻击我们的窗户和窗台上的花。
去攻击我们的森林和林中的宁静。
甚至去攻击那属于我们的春天。

去攻击学校和它的愉快的孩子们。

啊，如果他们可能，如果他们可能……
我们知道。
所以我们有敏锐的眼睛，
所以我们有坚毅不屈的意志，
所以我们有毫无畏惧的额头，
所以我们有不可战胜的双手。

盾牌

雷蒙德·迪恩是个法国的姑娘，
她和我们年轻的女工们恰好是同龄人。
她在铁路上卧轨自尽身亡，
她这样做完全是出自伟大的爱心。

我无法用笔来描写这一时刻，
当火车转过最后一个弯道。
在我的国家，在我生活的国家，
姑娘们会在车站上挥动着手帕。

在我生活的国家里，
火车满载的是建房用的砖瓦。
但在她生活的法国，
火车拉的却是未来牺牲者的坦克。

在我生活的国家里，
火车装的是未来桥梁的材料。
而在她生活的国度里，

火车运送的是带给越南村镇的死亡。

雷蒙德·迪恩是个法国的姑娘，
她和我们年轻的女工们恰好是同龄人。
她在铁路上卧轨自尽身亡，
她这样做完全是出自伟大的爱心。

柔和的阳光把铁轨照得闪闪发亮，
满载的火车没有及时停下。
法国年轻的姑娘的尸体
成了越南姑娘们的强韧的盾牌。

战犯之歌

心啊，你不要为恐惧跳动，
要为愤怒跳动！要为愤怒跳动！
心啊，你不要为恐惧跳动，
要为正义的愤怒而跳动！

监狱的大门打开了，
刽子手获得了自由。
监狱的大门打开了，
凶犯未受惩处便被释放。

他脚下站过的每一寸土地，
尸骨都堆积成山。
每一个接触过他的人，
直到今天还哀痛万分。

心啊，你不要为恐惧跳动，
要为愤怒去搏击！

要为愤怒而跳动！
监狱的大门不会自行打开，
我们知道有一只手在为罪犯放行。
监狱的大门不会自行打开，
我们知道有一只手又燃起了战火。

谁要是和战犯结成联盟，
谁要是在战犯身上寻找帮助，
谁要是和战犯勾结在一起，
他就是人类的叛徒和敌人！

心啊，你不要为恐惧跳动，
要为正义的愤怒而搏击！

来自朝鲜

他们挖去少年的眼睛，挖去眼睛，
因为他的眼睛充满愤怒和仇恨。
要让他的白天也和黑夜一样——
上校情不自禁地发出了狂笑，
亲自把美元放在刽子手的掌中，
随后把垂在额头上的头发撩开，
以便更好地看着这个少年离去，
他摆动着双手，朝四周观看。

那是在一九四五年的五月，
我过早地告别了仇恨，
把仇恨深藏在记事本中，
那是个威胁、暴力和罪恶的时代。
今天我又重新把它掀开。
现在和将来我依然需要这种激愤，
而我这样做，上校，这得感谢你——
感激你那卑鄙无耻的笑声。

这一天
终会来临

你们以为你们会逃过法庭，
你们的罪恶不会受到审判，
你们从飞机上撒下的瘟疫
会消失在人们的记忆中？

我已经看到你们
站在愤怒人民的法庭前。
你们惊惶的脸孔呆滞不动，
卑鄙的双手已经戴上了手铐。
你们一言不发地站在那里。
飞行员，你全身颤抖，
你知道你携带的是什么。
医生啊，你脸色煞白，
是你培育了死亡。
银行家也失去了往日的傲慢。

突然，从人群中走出一位老人，
他迈着缓慢的步子朝你们走近，

眼睛一直在注视着你们，
你们也试图去接触他的目光。
——老人家，你是谁？
——我是瘟疫死者的父亲。

致
美国母亲

你在想，时运不错，
孩子没有被拉去参战。
我的儿子年龄还小，
还是个孩子，只有十岁。
等到他长大成人，
轮到他去服兵役，
那时一切都已结束。
这是毋庸置疑的事实，
暴风雨已经掠过世界。

——等一等，这是一次回忆，
我还记得被毁灭的城市。
荒芜、无声而又沉寂。
一轮圆月正好从近处
望着它，你不相信吗？
你仔细瞧瞧这张照片，
这熄灭的火山口——是房屋，
这乱石堆成的山丘是街道。

你再看看这里，断壁残墙，
这墙上有一座门框。
门框上以前有人曾做过记号，
那是母亲在量儿子身高时
刻下的精确的标志。
她写着： 兹贝舍克，三岁，
兹贝舍克，四岁半，
（母爱是多么自豪）
兹贝舍克，八岁，
这是他十岁时的高度，
随后便被机关枪的子弹打断，
再也看不到长高的记号了。

你说，杜鲁门知道得最清楚，
应该由他去负全部的责任。
而我对政治毫无兴趣，
从不关心这些乱七八糟的事情。
我的儿子还是个年幼的孩子，

等到他能服兵役……

——等一等，这是一次回忆，
我还记得被毁灭的城市……

（写于 1951 年）

识字课本

物质的最高形式——
是人，地球上的居民。
生存的最高形式——
是人的自觉行动。
而行动的最高形式——
是为地球上的和平而斗争。
斗争的最高形式——
是用共同的力量去斗争。

啊，是的，弟兄们，
要用共同的力量去斗争！

人民宪法产生时
一个老女工的回忆

人们曾告诉我，城里有工作，
工厂在招工，于是我就来了。
我的思想常常回到那些年代，
街上熙熙攘攘，车水马龙，
我不认识字，是个文盲，
我不知道该到哪里去谋生。
刚开始时我连楼梯都害怕，
长发辫子也让我羞愧难当。

从前我们女人真是困难重重，
我苦苦工作，工资只有一半。
好像我只是半个活人，
在这个大城市里，
在这样昏暗的贫民窟中。

出现了危机，我失去工作。
那时候我怀抱着婴儿，

只有他需要我。
我怎样养活他，保护他？
他们什么也不给，
除了轻蔑和饥寒交迫。
是去是留都没有落脚的地方，
于是我攀上了大桥的栏杆，
已经看到了那倒映在
深水中我的面影。
回忆使我伤心——我记得
人们可怜我，纷纷跑来相救。
不知你们能否理解，姑娘们？
因为我受到了别人的同情，
也就是说，我哭了整夜整夜。
那是什么月份？那是十二月。
儿子降生后，他咳嗽不止，沉默了。

你们对照比一比，想一想，

我的青春和你们的青春——
那就像一个久患重病的人，
病愈后第一次走进了花园。

成长

雅内克，当他两岁还没有满，
就已在放牧别人的牛羊。
贫穷教会了他这样思想：
他是不请自来地来到了世上。
今天他站在高高的脚手架上，
整个世界都在他的拥有之中，
用他十七岁的双手的力量，
用他十七岁的敏锐的眼睛。

每当白天的影子开始伸长，
雅内克便躲在某个角落里，
把一只手插进他的头发中，
眨巴着眼睛，聚精会神地写诗，
他的心便跳动得加倍地快速。

是当诗人还是当工程师？
是写诗还是建房——哪个更好？
有时韵律比砖瓦更轻盈，

有时墙壁比音节更光鲜。
是当诗人还是当工程师？
是写诗还是建房——哪个更好？
当雅内克展望自己的未来，
他的心便跳动得加倍地快。
雅内克身着绿衬衫在行走，
后来绿衬衫又变成了白衬衣。
是灰泥同他的未来贴得更紧，
还是名人的星光让他大放异彩？

在窗上

我以爱情的名义赞美窗子。
窗子是爱情的优秀导游。
我们的窗子第一次洞开，
为了年轻人的事业和理想。

窗子——爱情的优秀导游，
用手抛出去的飞吻。
期待，欢笑，问候，
眉开眼笑，满脸春风。

新的房屋是激情的房屋，
如同歌曲的曲调在不断上升。
每一扇窗户都有卡辛卡
在等待着自己的雅辛克，
花大姐正躺在她的掌中。

需 要

星星，
星星布满天空。
寂静笼罩城市上空。
需要，
需要爱情诗，
去激励相爱的人们。

在计划中，
在计划中，
在六年的计划中，
需要
需要
幸福美满的家庭。
让诗歌在他们的家庭中
为晚上的时间增光添彩。

普通的韵律

令人高兴的是： 鲜花连着鲜花，
大树的枝叶伸向纯洁的天空，
但更高兴的是： 明天是星期三，
我一定会收到你的来信。
尤其高兴的是： 信封在颤动。
在阳光阴影下读信多么可笑，
还很高兴的是： 到结束
这个星期仅仅还有四天，
更加高兴的是我已把箱子关紧，
当我跪在它的上面时。
更让我高兴的是，我有了一张
七点钟的车票。是的，
我要感谢你，夫人。
更高兴的是： 在车窗外面
一幅接一幅的风景疾驰而过，
更高兴的是，天色越来越暗，
今天晚上我们又会相聚一起。
还要高兴的是，我打开了房门，

更为高兴的是，我已跨过门槛，
尤其高兴的是：鲜花连着鲜花。
你何必去买如此贵的花呢？

个人的

在手上转动了几下便突然停止了，
这是老奶奶给孙子的小火车头。
我看到她满脸笑容，更美的不用找了。

为别人的高兴——出乎意外的高兴，
我记住它，在我羸弱的心中。
哪怕是一首诗——我强烈渴望——
能把这笑容带到乡村和工厂，
让大家为别人的高兴而高兴。

如果你把这些诗句烧掉，
火光会高高串起，
它会为新的诗而焦急不安
和严重关注，还有爱。
为何我要对你说这么多，
——多少——从来不——任何人。

马戏团的动物

狗熊踩着节拍在跳舞，
狮子从容地穿过火圈，
身着黄衣的猴子在骑自行车，
鞭子在呼啸，音乐在演奏，
鞭子在呼啸，动物转动着眼睛，
大象把玻璃瓶卷到了头上，
小狗们细心地数着脚步在跳舞。

而我作为人，感到十分羞愧。

这一天人们玩得真不像话，
他们都在拼命地呐喊、鼓掌，
似乎手比鞭子更长，
强烈的阴影投射在沙地上。

致
创作者

不要去看那口正在干枯的井，
不洁的井水。在不洁的井水中
映出的脸孔又灰又丑，
你只能看到它那朦胧的轮廓。

你不要去喝正在干枯的井水，
那是不洁之水。在不洁的水中
隐藏在井底的是无声的毒药：
那是神秘死者的轻蔑的醋酸。

居里夫妇的爱情

发现镭

喧闹的巴黎街道已沉寂，
和睦家庭的窗光已熄灭。
寒风钻进了破旧的棚屋，
把灯台上的烛光吹得摇曳不定。
沙尘打在乐器上发出了呻吟，
薄薄的玻璃也在叮当作响。

——太晚了，玛丽亚，该回家了。
——唉，彼得，我怎么能睡呢？

第四个希望之年来临，
那座锈迹斑斑的大门，
正在坚毅精神的抵压下颤动。
他们在为一排排数字苦恼，
被上百次试验之火炙烤，
人已深入到它们的深处。

——玛丽亚，你可怜的手指都出血了。
——彼得，你的双鬓也变花白了。

夜幕已降临在巴黎和华沙，
哪里闪耀出微蓝的光芒？
那是一小撮灰色的粉末，
在发出其独特的光亮。
第一次露出了它简朴单纯的形态，
而它的光源具有巨大的能量。

——玛丽亚，我们的劳动并没有白费。
——彼得，我了解“一起”这个词的意义。

彼得逝世后

悲伤并没有使她的头发凌乱，
也没有让她大声地悲恸哭泣。
这位寡妇沉默着，一声不响，
她相信这是她做了一场噩梦。

这是死亡。这死亡如同把一棵
年轻而又挺拔的树木砍断。
如果你把这棵树摇动一下，
它便立即倒下，再也无法站起……

实验室里就像博物馆一样，
静止的物品排列得整整齐齐，
这里就连翻动书页的响声
也不会引起任何的回响。
记事本上——句子中间停顿。
计算的过程也还没有完成，
纸页也还来不及变黄，
墨水也还没有变得更深。

这是洒下初次泪水的时刻，
这是哭泣时脊梁抽动的时刻。
身着丧服的女人脸色苍白，
低低地弯身在图纸上。
她正在画一条粗大的线条，

这线条正在不断向上增长。

而眼泪——决不能让它落下，
因为它会使数字模糊消失。

后记

我欢呼积雪消融的春天，
大地定会瑞雪兆丰年。
我问候房屋的第一块砖，
那里将会有孩子的欢笑声。
我歌唱路上跨出的第一步，
世世代代的人会沿着它前进。
我赞美爱，它的光辉
将照耀我们这个伟大的时代。

阿姆河[1]

阿姆河——一条桀骜不驯的河，
阿姆河——你为何要逃避人群？
你为何要夺去庄稼和歌声？
那时的人就是这样谈论灾祸，
逃难的人群沿着河床前进，
而把痛苦的眼睛移开了故乡。
飓风用旋转沙石的鞭子
抽打着那些被抛弃的城市。

留下的是石头，到处沙石成堆。
时间过去千百年。千百年来
原来丰收的庄稼早已成为陈迹，
千百年来沙漠把人们的足迹湮没。

宛如从人体中流出的鲜血，
这条河就这样流过了大地。

1　阿姆河是位于乌兹别克斯坦和土库曼斯坦的一条内陆河。

一代代的命运在古老纪事中枯萎。
谁也没有去帮助这些枯萎的人，
直到十月的聪慧的眼睛，
才发现这些已发黄的书页。

我不会说土库曼人的语言，
但是我想，“十月”这个词
至少会像“源泉的水”那样
把爱播向渴望的人们。

阿姆河——一条桀骜不驯的河。
阿姆河——回到你原来的河床上去。
五年计划是为了人民的幸福，
而幸福的人民定会扭转乾坤。

巨大的河坝改变了你的流程，
让沙漠的土库曼斯坦变得更加富饶，
小麦丰收，到处是密布的森林，

让果园枝繁叶茂，果实累累，
让人们欢唱起新的乐曲、新的歌声。

希望在即将到来的那些岁月中，
让所有的撒哈拉沙漠变成新的世界。

列宁

他带领被压迫者投入战斗，
获得了持久的胜利。
他给即将到来的时代
奠定了坚固的基础。
现在躺在坟墓里的这个人
是开创人类新纪元的亚当。
他受到无数鲜花的环绕，
鲜花来自尚未认识的星球。

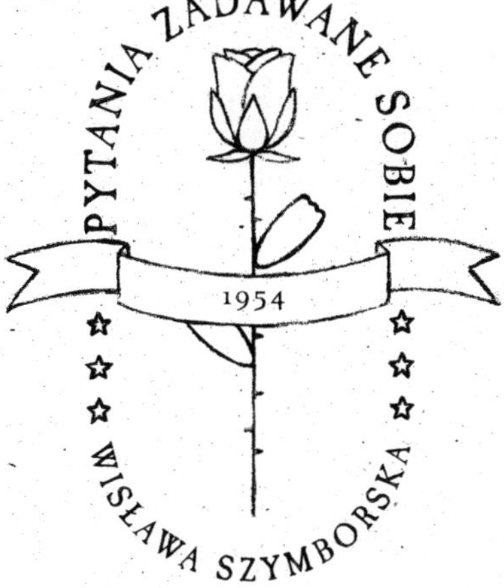

向自己提问题

爱德华·邓波夫斯基[1]

致父亲的信

我对我所走的道路
比飞鸟还要清楚。
——我现在给你写信，
我的父亲，城防司令。
这是我最后一次写信，
希望你拿着这些信纸，
就像我拿着它们一样。
——为了告别。

我仿佛看到家乡的庄院
被槭树所环绕。
而你站在大门口，
一脚踏在门槛上。
你大声呼喊："回来吧！
快从疯狂中清醒过来！

1 爱德华·邓波夫斯基(1822—1846)，波兰哲学家、文艺批评家和民族解放运动的领袖，1846年克拉科夫起义的领导者，同年牺牲在起义战场上。

这里才是你的世界！
不要让背叛玷辱你的姓名！”

因为对你们来说，
思想大胆就是背叛，
为人正直就是疯狂。
谁若是放眼未来，
你们便认为他是瞎子。
谁要是反对你们的法律，
你们就认为他是罪犯。

我就要反对你们的法律，
它涉及森林、江河和土地，
涉及耕作和收成，
涉及他人的劳动成果，
涉及农奴制的农村，
涉及面包和盐，
甚至涉及言论，

全都由你们控制着。

啊，从高高的大门，
落下一大套托词！
像空箱子的响声，
像齿形罐的嗡嗡声！
祖国……人民……
为了自由……为了民族……
是谁篡改了
这美好的曲调？

你们想要自由——是的，
但仅仅是为了你们自己。
你们是用钻石戒指
去敲开它的大门。
至于人民，就让他们
在奴役中沉默地等待。
而鞭子——让鞭子挥舞，

抽打在他们的脊梁骨上……

只有我的血来自你们的血，
只有我的骨骼来自你们的骨骼。
但是我的心却不是你们的心，
我的意志也不是你们的意志。
我要走进穷人的世界，
去激起他们对自由的渴望。
我要去点燃他们的愤怒之火，
去揭开令他们痛苦的伤口。

因为这是伟大的时代，
要向所有的人大声疾呼：
凡是用暴力夺去的一切，
你们就要用暴力去夺回！
要铲除压迫！
要消灭奴役！
要清除所有的丑恶！

你们要相信，
要有充分的信心！

地主不再是地主，
奴仆也不再是奴仆。
解放的暴风雨
发出雷鸣般的巨响。
这样的时代即将来临，
每一块耕种的土地
都会结出丰收的果实，
并且为他们共享！

三个占领区[1]的宪兵
都在把我追捕。
是谁在给他们指路？

1　1795年波兰被普鲁士、俄国和奥地利瓜分后分成三部分，由普、俄、奥分别占领达123年之久。

“你们该走这边，这边。”
这样的人够了。
我知道这些庄园的窗户，
还有在窗口上的窃窃低语，
以及那眨巴不停的狡诈眼睛……

一想到这些情景，
我的鹅毛笔便弯曲了，
我的手像铅一样沉重，
耳边又响起了警铃。
父亲，请不要咒骂
你这个不肖的儿子。
你知道你的儿子
已经习惯了更坏的考验。

我知道，你痛苦，
你在沙龙中会难堪，
当你听到他们对我的议论

就像在谈论死人一样。
惊恐的伯爵
会皱起眉头。
神父会叹息，
同时虔诚地望着纸牌。

你可以随意把信烧掉，
或者将它撕成碎片。
但是，父亲，决不要
为我痛哭流泪，
因为我选择的是美好的命运，
我享受的是巨大的幸福。
是谁在暴风雨的时刻
用闪电划破了黑暗？

再见啦，风已在劲吹，
我也要继续走我的路——

冬宫的图画

当他们走上大理石的阶梯，
镀金的灯光像在烛台上闪烁，
照射在浅黄色的墙壁和穹顶上，
他们的脚步声回荡在走廊上。
老灯在照耀，偿付之夜来到，
你面对站起的咒诅者何处躲藏？

第一个库奇马用肩膀撞开房门，
房间里有人们、马匹和军队，
一队接一队，军官们排成了一排
都准备乘坐在一动不动的马背上。
军官们身上的军功章在闪闪发光，
比军功章更亮的是银制的武器。
所有官兵都望着前面的那个人，
而他用一只白手抓住缰绳，张着嘴，
只等利剑发出的信号和命令。

库奇马神父，可这是间空房，

这里一个活人也没有，那是镜子
反映出对面墙上的图画。
而你最初以为会倒塌下来，
马蹄在践踏着革命……
你还不习惯宫中的这些奇事，
你感到害怕，不过这是最后一次 ，
为了帮助你的无知和恐惧，
同志们加强了大炮的轰鸣声。
古老的世界，既无活人也无死人
甚至也没有你那穿戴光鲜的连队，
就连你的军刀也都是画的，
他们不会从最后的牺牲中把你救出，
于是你掉进了那镜子的深渊中，
幽灵的骑队、饥饿的骑队老爷的骑队，
在镜子里它们时时刻刻都更加相似，
宫中的骑兵队，朝向底层、底层。

这一天

又是铃响，尖锐的铃声传入我的耳里，
谁在门外？有什么消息？为何这么早？
我不想知道。也许我还在睡梦中。
我不想出去，我不去开门。

是不是早晨的窗外雾霭朦胧，
这样模糊，难道我是泪眼在看？
是不是钟表的指针在滴答作响？
还是我的心脏像鼓似的在敲动？

只要你们谁也不愿第一个说话，
希望就不会那么肯定，同志们……
大家沉默着，都知道我不想听什么，
我不得不从低垂的脑袋中去猜想，

是不是在第四面的革命旗帜上
给我们亮出了一道命令？
——在革命旗帜下加强警卫！

要在所有的门口加强警卫！

党是人类的眼睛。
党是人民的力量和良心。
任何事物都不会被他的生命忘记，
人民的党会驱除一切黑暗。

不可磨灭的印刷的字体，
我用颤抖之手写的字不能代替，
痛苦不能把它歪曲，眼泪也不能洗掉。
这是完全正确的。这样甚至要更好。

（1953 年 3 月）

入党

一个星期天的上午，
太阳照射在窗台上。
我看到你坐在桌旁，
低垂着你那宽大的额头，
在填写你二十二年
的生平简历。

你从记忆深处开始：
农村的饥饿和战争，
你把它们作为
第一批保存的记忆。
但是这遥远的情景，
很难把它写成文字。
你想起自己的过去，
就仿佛是在梦中遨游。
觉得这梦中的地方
与现实大不相同。
最后，就像飘浮不定的云

融进了阳光中。

幸运的人，你不用
沉浸在马克思的书中，
经过七条绝望的河，
经过七座谎言的山。
你不用在半明半暗的
地下室中去读它。
不用一听到脚步声
就把书藏在外衣下面。
它自己就会来到你的身边，
和你相距只有一尺的距离。
你可以公开地去读它，
当你已长大适合读它的时候。

你从学校组织的参观中，
了解了奥斯维辛[1]的惨景，

---

1 奥斯维辛集中营是希特勒设在波兰的最大的集中营。

还有它的那些建筑物。
你看到黑云般的鸟群
正在这可怕的地方飞旋——
即使你想起你的那些
失去了生命的朋友们，
你的额上也不会阴云密布。
因为你那时年纪幼小，
还不能理解友谊的含义，
也还不了解这样的损失，
在他们的心灵上
留下了永久的伤疤。

你的成长
正是美好的时光……
——有没有别的问题要问？
——是的，还有要问的事情。

你带来了什么？

青春的氧气——诚实。
只会夸夸其谈吗？
是像火光一样严厉，
还是像灰烬一样冷淡？
思想是充满希望
还是冷酷无情？

问题相当尖锐，
但必须如此。
因为你选择的
是共产党员的生活，
而未来正期待着
你的胜利。
如果你的感情
像掉进水中的石头，
如果你的眼睛不是观察，
而是冷眼旁观，
如果激情澎湃的爱

变成逆来顺受的冷漠，
如果你的脚只习惯于
在平坦光滑的大道上行走——
不，我还没有把话说完，
尽管思想很明确，
你还是要用自己的想象
把那些空间填满。

党，参加党，
就要和党一起行动，
就要和党一起思想，
就要去实行宏伟的计划，
就要和党一起日夜操劳。
相信我，这是我们青春年华
最美好的嘉奖
——双肩上的星章。

向自己提问题

什么是微笑
和握手的内容？
你在握手问候时
是否站得很远，
就像人与人之间
相隔得那么远？
你对一见钟情
会给予不满的评判？
你对人类的种种苦难
会像翻阅书本那样揭开？
不是在字里行间，
不是在每个段落里
去寻找激动？
你是否真实、完全地
去了解人们的处境？
你在回答问题时，
决不会闪烁其词。
诚实的地方——

却是多彩的玩笑。
你如何去计算损失？
无法实现的友谊，
冷漠无情的世界？
你是否知道，
友谊和爱情一样
都需要共同创造？
在艰苦的工作中，
是谁不能坚持到底？
在朋友的错误中，
难道就没有你的责任？
是谁在悲伤？在高兴？
你还来不及去帮助，
就已流下了多少眼泪！
为了千年的幸福，
共同承担责任——
你是否轻视
单独的一秒钟？

你是否轻视
眼泪和脸上的皱纹？
你是否从不忽视
别人所做的努力？
桌上放着一只茶杯，
谁也没有看到它，
直到无意把它碰倒在地，
人们才对它注意。

人与人之间的关系，
是否一切都那么单纯？

致不幸的女恋人

你在收音机里收听华尔兹，
还不停地摆弄你手上的戒指，
甚至在交谈时也满脸笑容。

但是你却被我的目光所吸引，
慢慢把你的眼睛掉转过去，
就像病人痛苦时出现的情景。

你会认为，我有一双平静的眼睛，
就不会去理解
别人的心神不宁。

不过，我个人的幸福
也曾经历过不止一次的失败，
许多事情我都能体会理解。

我知道，动听的声音
怎样变成嘶哑的低语，

而回忆又是怎样被凝结。

我认识一些人，他们的心早已冰冷，
却在奢谈什么我们多温暖、多快活。
当他们大笑时，那是他们在骗人。

我也知道，该怎样装出一副面容，
让所有的人都不能看出你的悲痛。
那是在遥远的过去，很久以前，
我才需要这样的一种技术。

如今我也会采用这样的技术，
但我不想使用这种虚假的伪装，
你只能在我这里找到真情实况。

我还记得额头上凝结的霜冰，
桌子上还有一封未拆开的信，
心就像蚁巢那样充满了坚毅。

脆弱的想象，矛盾的计划，
还有那不切实际的沉默，
现在该是说出一切的时候！
我是否知道痛苦？黎明的哭泣，
突然失去的希望，
还有肩膀上失去的重压？

啊，你们那些被烧毁的约会的桥梁，
假如今天我把双手放在火里烧烤
——也不再会是过去那样的感觉。

可是你却以为
我有一双平静的眼睛，
就不能理解别人的心神不宁。

如果不是痛苦、阴影和愤怒，
而是只有快乐、明朗和歌声，
把我的手引入诗中该有多好。

被激怒的缪斯

为什么我的爱情诗
会写得这样少？
你早就该向我
提出这个问题。
但是你却像那些
宽容的人那样，
一直要等到火花
在诗节中燃烧。

我沉默——这沉默
仅仅是出于担心，
我的歌曲
会给我带来痛苦。
会有那么一天，
这些词句被突然否定，
只留下音律和韵脚。
爱情飞走了，
就像树枝投下的阴影

不可捉摸。
啊，是的，这平常的担心
却把我的喉咙扼住了。

幸运的是我知道
应该怎样去对待这种沉默。
如果我甚至不敢
去触及带刺的玫瑰，
我又怎能容忍
雄壮的诗句向我尖叫？
令人惊恐不安的担心，
为何对我这样糟糕……

当我开始写作时，
就像是有人来到我们中间，
他不等到结束，便砰的一声
破门而入。
也许是风吹开了窗子。

——真是废话！
也许来的是缪斯，
爱情诗的缪斯呢？

我知道，我的举止
得罪了邻居。
别人想说什么
就让他说去好了。
我从楼梯上跑下，
在深沉的寂静中叫喊：
埃拉托[1]，你回来！等等我！
埃拉托，你听见了吗？

1　九缪斯之一，埃拉托是专司爱情诗的缪斯。

爱侣

这里是多么寂静，
我们听见了昨天的歌声：
“你上山，我走向河谷……”
尽管我们听见，却不相信。

我们的欢笑并不是悲伤的面具，
我们的善良也不是自我牺牲，
其含义要更为深远，
我们同情那些并不相爱的人。

我们沉醉在自己的惊喜中，
还有什么能让我们惊讶万分？
无论是夜晚的彩虹，
还是雪中飞翔的蝴蝶。

而当我们沉沉入睡时，
却在梦中看到了离别。

但这是一个好梦，
但这是一个好梦，
因为我们已从梦中惊醒。

钥匙

有钥匙，但突然丢失了，
我们该如何走进家门？
也许有人会拾起那把钥匙，
他看了看——这对他又有何用？
于是他走了，又把钥匙抛弃，
像抛弃一块废铜烂铁。
我对你的爱情，
如果也遭到这样的命运，
对于我们，对于全世界，
这种爱情都会令人悲痛万分。
即使被别人的手捡起，
也无法打开别人家的大门，
只不过是一件有形的东西，
那就让铁锈去毁掉它吧。

不是书页，也不是星星，
更不是鸣叫的孔雀，
安排了这样的命运。

同怀疑论者的谈话

我：

你的轮船已经离岸，
但你却留在了岸上。
你踏着旧的足迹走来走去，
你等待，却不知在等待什么？
年年月月和整个历史
都在你的身边走过。
失败不能使你心灰意冷，
胜利也不能使你热情似火。
你把蠢人的冷漠
当成了圣人的镇静，
你把经验贬低为
商人的投机取巧。

他：

我不是你们的敌人。
进步是个美妙的词，
用拖拉机替代铁犁，

用新砖去清除瓦砾……
但是要去改变一个人——
啊，多么可笑的大孩子们，
那要比说服月亮
用它本身的光去照耀还要困难！
要拔除人们心中的
仇恨和怀疑，
贪婪和权势欲，
嫉妒和恐惧，
那就意味着，
要从他心里
拔除所有的网络和根脉。
这就是你们的乐观主义？
这就是你们的人道主义？

我：
你是在说谁的心？
还有这异常的预言？

他：

那就算是——我的心，
我本人就是很好的例证。

我：

这是最巨大的孤独了。

他：

啊，整夜不停地交谈
已使我摆脱孤独的命运……

我：

连同镜子里的影像一起。

逃

恩里克·伯纳尔，第一个向广岛扔原子弹的飞行员，
来到卡斯特罗·厄迪亚列斯修道院当修士。

我的头上戴着修士的帽子，
除了阴影，我什么也不见，
除了寂静，我什么也不听，
让我的嘴只为沉默服务，
让这房间的四壁和铁栅，
把我关住，远离世界。

这个完成人类历史上
最残酷命令的人这么说。
他心中充满绝望，想把这绝望
藏进这修道院的石头之中。

你们不要把我看作是个活人，
人们啊，我再也不能和你们在一起，

我想要让这双手和这悲惨的事件，
永远被人们忘记。

他望着自己的双手这样说道：
就是从这双手中的一次打击
便使几十万人的声音，
在人世间沉寂，不再回响。

这不是我想做的。我也不知道
这打击会造成如此巨大的损失。
原子弹已经威胁到整个的人类
——我是在真心地哭泣，
我在自己的房间里赤脚跪着，
我是处在极度的悲伤之中。

他确实十分伤心，低垂着头，
翻动着圣经的书页，

他在为那时死去的所有人
读着祈祷文，用已死去的语言。
而在他身外的地方
是盛开的春天，喧闹的秋天，
山脉，平原，海洋，
森林中的绿树在欢唱，
太阳的光束照射在溪流上，
五光十色的曙光和黄昏，
让人目不暇接，泉水的叮咚
被风吹得东倒西歪的树枝，
这一切都处在他的身体之外。
富饶的土地及其未来的命运，
美好的人们想从这种灭亡中
拯救出自己和新的一代。
他们的劳动、信任和生活的勇气，
他们应得到和生活相等的幸福，
他们真诚的友谊和赤诚的爱情。

女人大腿上的肌肉，
这一切都很美好——而美好的一切，
都是正义的活动。
嘴的唠叨，眼睛的敏锐
能立即区分出善与恶，
劳动者的双手紧握在一起
在斗争中没有消失的愤怒，
它在罪恶面前决不会退缩。

我扔掉了军装，它玷污了
我的名誉。你们还想要什么？
我已经和这种无法无天一刀两断。
我蔑视这个世上的名望，
我用泪水洗净我的双手，
再多我就无法做到了。

墙上那跪着的影子越来越长。

修道院高塔响起了午夜的钟声。
啊，他错了，他是多么的悲伤，
就是那个在黑暗中遮住脸的人，
这样的清算无法平衡，
最纯洁的泪水已不再涌现。
他朝修道院的大门跑了过去，
回声已在人口稠密的城中沉寂。
他等待的呻吟变成了抗议，
直到跪着的人还没有站起，
他的声音想传遍整个大地，
给他发出千百个回声，
在战争的康采恩上面轰鸣。
他正等待着这声音的回响。
然而在侧门的外面却是寂静
和沉默的窗户。晚上的烟雾
已布满房间，直达拱顶，
这里的蜡烛已熄灭，抑或是良心？

眼睛仰望天空，
心脏离开大地，
啊，就连在飞行中的小鸟
也不能这样可怕地
站立不动。

作为母亲

我的愤怒
既不脆弱也不狭隘。
这是一个女人的愤怒，
这女人没有亲生的孩子。

善良的人们
这样说，也这样教导：
任何一个孩子
从来都不会是别人的。
我那面黄肌瘦的儿子
为牺牲者掘墓安葬。
可那些侵略者
又是怎样对待我的儿子？

我的一个女儿
赤脚跑过荒原，
她的头发上
有被汽油烧焦的发髻。

侵略者夺走了
他们所拥有的一切。
只需一个轻微的动作
就把他们的双肩抱住。

他们的梦在摇篮中
摇动着他们的眉毛。
他们的记忆
只能记住自己的姓名。

在你们的国家里，
你们怎样对待我的孩子？
你们把他们的苍白脸孔
紧紧按在了地面上。

而在他们的脖子上
却挂着一面铅牌，
即使它们散成了碎片，

也能把它们找到。

我的孩子们
被欺骗、被愚弄。
他们望着天上的飞云，
但他们的眼里只有悲哀、悲哀。

啊，他们不知道，
他们等待的是巨雷，
而这场暴风雨
正在白宫酝酿！

尽管我是个
自称的母亲，
但这并不能让我躲过
真实的痛苦。

作为母亲，

我是孩子们的盾牌。
作为母亲，
我是射向法西斯胸膛的利箭。

美人鱼岛

她们站在海岸上，
梳理着头发，
唱起美妙的歌，
随着微小的波浪，
追逐着那些白帆，
歌声飘扬不断。
谁若是听见这歌声，
谁就会受到迷惑。
他便会丧失意志，
离开自己的原路，
朝海岛方向游去。
他太不幸了！太不幸了！
从此他再也不能回来了！
是这种迷人的歌声
迷住了他的心灵。
姑娘们欢笑着，
把细沙撒在
人们的颅骨上。

了解此事的奥德赛，
便用蜡堵住了
船员们的耳朵。
他命令船员们，
将他捆绑
在桅杆上。
要绑得紧紧的，
越紧越好。
今天她们就是放声歌唱，
也会徒劳无功，
绳索会将我保护。
可是那些美人鱼，
比人们梦见的
还要美丽。
啊，她们是那样的美，
会令你呼吸短促，
喉咙里会发出叹息。
奥德赛感受到

绳索把他捆绑在
白帆的下面。
快把我解开！——他朝
自己的船员大喊大叫：
我想要留在这里！
但是船员们却没有听见，
依然继续前行，
直至歌声消失。

这个令船员胆战心惊
出自希腊神话的海岛，
到底坐落在什么地方？
海岸已经空荡，
仿佛此地已被飓风
横扫而过。
美景也已
脱离罪恶。
歌声已逝，

又是谁在歌唱？
也许是这飓风
把带刺的铁丝吹响。
魔法失灵了，
神话已成过去，
谁会把它忆起……
爱琴海岛，
赤裸而傲然
挺立在海中。

美妙的景色
不再为暴力效劳。
面具已被撕下。
欺骗就是欺骗，
真理就是真理，
背叛就是背叛。
耳不再受迷惑，
眼不再有幻觉，

这是错误的形象。
不再需要蜡了，
也用不着绳索，
事情就是如此简单。
我说的这件事情
只有一个地址，
一个明确的地址。
红色的风帆
美得有如朝霞，
正在海中航行。
你们想在黑暗和寂静中
把这座岛屿占领，
那纯粹是狂想。
奥德赛
和他的伙伴们
已高举紧握的拳头。

热爱祖国大地的谈话

缺少这种爱，人可以活下去，
人的心定会像坚果一样干硬。
小小的命运却在吞噬着顶针，
远远地脱离了烦恼和欢乐，
仅凭自己的尺度去认识希望，
给自己在黑暗中筑起隐蔽所。
见到腐物的光亮会说是“白天来到”，
见到太阳的光芒则什么话也不说。

他们缺乏这种挚爱之情，
犹如一扇被烧毁的窗子，
破碎的玻璃，散去的烟云，
就像一棵突然倒下的树木，
它原本就长在肤浅的地上，
被大风连根拔起。
它虽能生活一个短暂的时间，
却失去了原有的绿色葱葱。
再也不能在森林合唱队中歌唱。

祖国的土地，辉煌灿烂的土地，
我不会成为一棵被吹倒的大树。
我每时每日都在茁壮地成长，
我不会像一根断了的线，
这里有我的欢乐、忧伤、骄傲和愤怒。
我要抛弃一切空洞无物的言词。
可以不爱你——而活着，
但这绝不会有好结果。

历史已扎根在深深的土壤中……
我有时站在大路的中间，
也许在一只铁皮的箱子里，
有几首人们不知道的歌。
也许是一只罐子、一把弓，
而在大地的腹中依然热浪滚滚。
也许是非常古老的房屋的门槛，
我们就是跨过它才进入了历史。
从此我的思想便进入未来的世纪，

我现在正在构思新的想象。
我看到躺在河底的一块石头，
并想要仔细研究它的形状。
未来的雕塑家用这块石头
能雕刻出同龄人的头像。
这石头躺在维斯瓦河的河水中，
石头里面隐藏着后代的脸孔。

为了让这脸孔显示出平静、
仁慈和机智的微笑，
我的人民决不会吝惜一切力量，
去为它斗争，为它创造，为它操劳。
我们头上是辉煌年代的光环，
我们脚下是祖国的大地。
我不会是一只胆怯的小鸟，
也不会是鸟飞走后留下的空巢。

WISŁAWA SZYMBORSKA

1957

呼唤雪人

夜

上帝说，你把你爱的独生子伊扎克带上，和他一起到莫里亚的土地上去。到了那里，你把他作为祭品献给我指定给你的那座山。

伊扎克做了什么，
请问神父老师。
是把球踢破了邻居家的玻璃，
还是穿过篱笆时
把新裤子撕破了？
是偷了别人的铅笔呢，
还是吓跑了一只母鸡？
或者私下里说过什么话？

让那些成年人
去做他们的蠢梦吧。
今天晚上
我可要守护到凌晨。
今夜沉默无言，

但这种沉默是针对我的。
这是个漆黑的夜晚，
就像亚伯拉罕的热心那样。

我能到哪里去躲藏？
当上帝的圣洁眼睛望着我
如同望着伊扎克一样。
古老的历史，
上帝只要愿意便能死而复活。
我因为担心害怕
便扯过一条毯子盖在头上。

过不多久
窗外渐渐发白。
鸟鸣和风声
在房间里呼啸。
可是这里既无
长着大翅膀的鸟，

也没有
身着长衬衫的风。

上帝终于来到此地，
但他的降临纯粹出于偶然，
他根本就不打算来到这里。
随后他把父亲带进厨房
和他进行了一番密谈，
还用大喇叭向他耳里吹风。

而当第二天天一亮，
父亲就带我上路了，
我走呀，走呀，
仇恨让我眼前一片漆黑，
我不相信任何的善和爱，
我比十一月的落叶
更加无助。
我不相信，

因为信任毫无价值。
我也不爱，
我的胸中有颗跳动的心，
它要变成什么样子
就由它变去好了。
即使跳动的不是我的心
而是一株干蘑菇。

上帝在等待，
从云雾缭绕的凉台上眺望。

哈尼娅

你们看，这是哈尼娅，一个好女仆，
这不是炒锅，而是一圈圈光环，
骑士与巨龙组成了这幅圣洁的画图，
而巨龙却是这悲惨生活中的牺牲品。

这不是珊瑚，而是哈尼娅的念珠，
这双带襻儿的皮鞋由于经常跪拜而破损不堪。
这是她的黑头巾，犹如夜晚的卫兵，
当教堂钟楼响起第一遍钟声时。

她在擦镜时看到了尘埃后的魔鬼：
它全身发青，我的老天爷，
它还穿着一件黄条衫，
它恶狠狠地瞪着眼，咬牙切齿，
如果它把我写进催命簿又会怎么样？

于是她参加了兄弟会，虔诚祈祷，
伴随着银色的烛光为心灵赎罪。

从此开始建造起新的教堂，
所有魔鬼立即逃进了阴影中。

为灵魂赎罪付出了巨大的代价，
她衰老了，而且骨瘦如柴，
哈尼娅是那样消瘦，而且一无所有，
在茫茫无边的苦海中挣扎。

五月色彩缤纷，腊月满天灰雾，
枝叶繁茂的树冠，你为自己感到羞耻。
悲伤吧，明亮的太阳，自责吧，朵朵云彩。
春天，你融化冰雪，让天空开满鲜花！

我从没有听见过她的欢笑和悲哭，
她温顺谦和，对生活一无所求。
伴随她人生旅途的只有阴影——
这肉体的丧服，
破损的头巾在风中呼呼直响。

公 开

我们是一对赤身裸体的情人，
美丽胴体只为自己，这就够了，
我们深夜里就这样躺在床上，
只有睁开了眼皮才会穿上衣衫。

不过，它们都看见过我们，
这四个墙角，还有第五个壁炉。
那些想象的影子坐在椅子上，
还有那张桌子，一直沉默不响。

还有茶杯，为什么杯底里
没有喝完的茶没有干涸，
斯威夫特已无任何的希望，
这天晚上谁也不会去读它。

小鸟呢？不能抱任何的幻想，
昨天我看见它在蓝天上
已经公开地傲慢地

写下了我叫唤你的那个名字。

树木呢？请告诉我，
你不知疲倦地唠叨了些什么？
你说，风也许会知道，
可是风又怎么会知道我们？

一只晚上的蝴蝶从窗口飞进，
它有一双毛茸茸的翅膀，
它忽而高飞，忽而低翔，
老是在我们上面嗡嗡作响。

也许它比我们看到的更多，
因为昆虫的视觉更加灵敏。
我毫无预感，你也没有猜到
我们的心会在黑暗中发光。

欢迎
喷气式飞机

今天比声音更快，
明天会超过光速。
我们把声音变成乌龟，
把光速变成兔子。

根据古老的传说，
这些善良的动物，
还是在很久以前，
彼此之间便展开了竞赛。

它们跑啊，跑啊，
穿过这低平的大地，
如今你们还想在高高的蓝天
继续你们的竞赛飞行。

轨道已自由畅通，我们决不
妨碍你们的竞争，

因为我们早已飞离，
还是让你们去角逐追赶吧！

考验

啊，是的，歌曲，你在嘲笑我，
因为即使我爬上山去，也让玫瑰花开放，
只有玫瑰才会开玫瑰花，别的不能，你知道。

我曾试图长出叶子，长成树丛，
带着紧闭的呼吸——为了更加快捷，
期待着自己成为玫瑰那一刻。

歌曲啊，你对我毫无怜悯之心，
我的身体只有一个，不能变成虚无，
就是算上骨髓，我的生命也只有一次。

凌晨
四点钟

这是从夜晚过渡到白天的一个钟点，
这是夜里辗转反侧的一个钟点，
这是三十岁的人的钟点。

这是受制于公鸡打鸣的那个钟点，
这是大地舍弃我们的那个钟点，
这是星星消失隐没的那个钟点，
这是在我们身后什么也没有留下的那个钟点。

这是空虚的钟点，
寂静荒凉的钟点，
是所有其他钟点的基座。

凌晨四点钟对谁也不吉利，
如果凌晨四点对蚂蚁有利，
那么我们就向蚂蚁祝贺。
还是让五点钟到来吧，
只要我们还生活下去！

带气球的静物

临死的时候
我不去回忆，
我在劝说我自己，
要找回失去的东西。

越过门窗和雨伞，
箱子、手套和外衣，
这样我就可以说：
这一切对我又有何用。

别针、这种和那种梳子，
纸做的玫瑰、绳子和刀具，
这样我就可以说：
我什么也不惋惜。

无论你在何处，钥匙，
请你及时赶回来。
这样我就可以说：

我亲爱的，生锈了。

证明信、出入证和调查表
像云彩一样降落。
这样我就可以说：
可爱的太阳已西沉。

手表啊，你从河里浮出，
请允许我把你带在手上。
这样我就可以说：
你快去装扮钟点。

你同样能找到气球，
它曾被大风吹走。
这样我就可以说：
这里没有儿童。

你飞离敞开的窗口，

你飞向辽阔的世界。

有人在大喊大叫：

啊！如果我能哭，多好。

致友人

我们结识于从大地
到星星的广阔空间，
我们迷失于从地上
到天空的广阔空间。

这是从伤心到哭泣
的宇宙空间，
在从虚伪到真理的途中
你不再年轻。

喷气机在嘲笑我们。
在飞翔与声音之间
——寂静的缝隙，
——是世界的纪录。

那些速度更快的飞行，
它们的迟来的声音，
要在几年之后

才能把我们从梦中惊醒。

喊声响彻四面八方：
我们都是无辜的人！
谁在呼叫？我们跑过去，
将窗户打开。

喊声突然中断，
窗外流星飞逝，
就像炮声轰鸣之后，
墙上的白灰纷纷掉落。

恢复名誉

我使用想象的最古老的权利，
生平第一次呼唤死去的人。
我望着他们的脸孔，倾听他们的脚步声，
尽管我早已知道他们确实离开了人世。

有时我双手抱着自己的头颅对她说：
可怜的约利克，由于你的无知，
由于你的盲目轻信，也由于你的无辜。
你如何保持精神的平衡，
在未受检验和已受检验的真理之间？

我曾相信过他们的背叛，
相信他们已身败名裂，
况且他们的坟茔已无人知晓，杂草丛生，
乌鸦在悲鸣，暴风雪在坟上肆虐横行。
——啊，约利克，那些都是虚假的证人。

死者的英名至今永垂不朽，

人们对他们依然铭念在心，
货币会起伏动荡，也不会有这样一天，
人们将保持自己的永恒。

如今我更加清楚永恒的意义，
它可以随意被人剥夺和赠予。
谁若是被称作叛徒，那他就会
和他的名字一起死去。

这凌驾于死者之上的权力
要求具有不可动摇的威力。
要让法院不在晚上进行审讯，
要让法官保持公正廉明。

大地在沸腾——那是他们，
已与大地融为一体。
他们一个接一个地
一群接一群地站立起来。

他们走出了沉默，他们恢复了姓名，
他们得到了人民的怀念、花环和赞誉。

我的驾驭词句的权力又在哪里？
词句深深陷落在泪水的底层，
词句是无法使人复活的词句，
而僵硬的描写则像闪光灯下的相片，
我竟无法让他们恢复到一半的呼吸，
我成了被打入诗歌地狱的西西弗斯[1]。

他们朝我们走来，像钻石一样坚硬，
——沿着琳琅满目的橱窗，
——沿着热情妩媚女人的窗前，
——穿过玫瑰色眼镜，穿过透明的
头脑、心灵——悄悄地急速行进。

1　西西弗斯是希腊神话中的人物，宙斯罚他来回搬运石头。

安 葬

他们从地里取出头骨，
并把它放在大理石上，
把那些勋章轻轻地
放在紫色的枕头下。
他们从地里取出头骨。

他们在一张小卡片上读到：
a. 这是个正直的农民，
b. 乐队，快奏起乐来，
c. 遗憾的是，他不能长生不死。
他们正读着一张小卡片。

但是你，人民，能做出评价，
你也能尊重这些成果。
人只能出生一次，
却能有两座坟墓。
可是你，人民，能做出评价。

为了这上千把长号，
并不缺少游行。
人群也不缺少警察，
大钟也不缺少敲打，
并不缺少游行。

他们眯缝起双眼，
从地上转向苍天。
鸽子是否已经飞走，
嘴上是否咬着炸弹。
他们眯缝着双眼。

在它们与人民之间
只有一片树林，
只有树叶的沉默
和树叶的低沉吟唱，
在它们和人民之间。

这里有活动的大桥，
这里是满地石头的丘陵，
山脚被坦克碾平，
发出轰隆的回声。
这里有活动的大桥。

全身被自己鲜血染红，
人民正怀着希望离去。
它还不知道，由于惧怕
钟上的绳子已经腐朽，
全身染有自己的鲜血。

小广告

无论谁知道在什么地方
出现怜悯（心的想象），
就请说出来！就请说出来！
要用饱满的声音去歌颂它，
要像丧失理智那样去跳舞，
在细弱的白桦树下狂欢，
直到闹得大哭一场。

我用所有语言
教人沉默不语。
通过细致方法去观察：
群星闪耀的天空，
中国猿人的下颌，
一只蝗虫的跳跃，
一个婴儿的指甲，
浮游生物，
片片雪花。

我把爱情修复
注意！机会！
躺在去年生的草上，
让阳光照进你的喉咙。
你躺着，风在飞舞
（去年的这风
抚摸着你的头发）。
表现为： 梦。

招聘一个人
为死于养老院
的老人哭丧。
应聘者无须交简历
和书写的表格。
所有文件一律撕毁，
不开票据。

至于我丈夫的许诺，

我不能答应。
他是用人世间的五颜六色
和花言巧语诱骗了你们，
他用窗里的歌声，
墙外的狗叫，
让你们相信
不会再有孤独、恐惧。
黑夜，白天之后的寡妇。

向卢德维佳·瓦夫仁斯卡默哀一分钟

你到哪里去?
那边只有浓烟和火光!
——那里有四个别人的孩子,
我要去救出他们!

这是怎么回事?
为什么自己
会突然改变?
会颠倒日夜的秩序?
会远离明年的白雪?
会改变苹果的艳红?
会用爱去代替悲痛,
而爱是永无止境?

她来去都没有招呼一声,
便独自跑去救儿童。
看,她肩上扛着他们,
窜进了齐膝的火中,

散乱的头发冒出火光。

她原本打算去买车票，
外出一段很短的时间。

她写好了一封信，
雷雨过后她打开了窗户，
在林中的小路上漫步。
她好奇地望着一窝蚂蚁。
随后她又观看
风吹湖水掀起的涟漪。
为死者默哀一分钟，
时间一直延伸到深夜。

我是飞云和飞鸟
的目击证人。
我听见野草在生长，
我能说出它的名字，

我认出了上百万
印刷的文字。
我用望远镜看到了
许多奇异的星星，
但至今还无人
向我求助，
如果我珍惜
树叶、裙子和诗歌……

我们对自己的认识
也只有受过检验的部分。
我向你们讲述这件事情，
出于我那颗无人了解的心。

勃鲁盖尔的
两只猴子

我常梦见我的中学毕业考试：
两只被锁住的猴子坐在窗台上。

窗外，天空在飞翔，
大海在翻腾。

我正在考人类史，
结结巴巴，含糊其辞。

一只猴子瞪着我，嘲讽地听着，
另一只猴子像是在打盹儿——
可是当提问后出现沉默时，
它却在向我提示，
用锁链发出轻微的声响。

再一次

在那些被铅印封起的车厢中，
一群有名有姓的人正在国内旅行。
他们要到哪里去？
他们何时下车？
别问，我不知道，我也不说。

名叫纳坦的人用拳头敲打着车壁，
而叫伊萨克的人在发疯般地唱歌，
名叫沙拉的人在大声叫喊，快拿水来，
为了那位快要渴死的阿龙。

名叫大卫的人，你不能跳车，
你的名字注定你必然失败。
无家可归，不要让任何人
去承受国家的过重的负担。

给你的儿子取个斯拉夫名字，
因为在这里连头发都会精确计算，

因为在这里能分辨出好坏，
根据他们的姓名和眉毛的形状。

你不能跳车。你的儿子就叫列赫[1]。
你不能跳车。现在还不到时候。
你不要跳，夜像笑声一样弥漫大地，
火车的车轮在铁轨上发出隆隆声。

浮云般的人群在这个国度上行走，
云块巨大只落下小雨，一滴泪水。
小雨，一滴泪水，干旱的时期。
铁轨向黢黑的森林延伸。

隆隆隆，车轮在响。森林无垠。
隆隆隆，发出叫喊的火车穿过森林。
隆隆隆，深夜被惊醒的我听见了。
隆隆隆，寂静中的寂静在哀鸣。

---

1 列赫是波兰祖先的名字，通指波兰人。

仲夏夜之梦

阿登的森林已在闪耀，
你不要向我靠近。
傻姑娘！傻姑娘！
我和世界连成了一气。

我吃过面包喝过水，
我受到雨打和风吹。
因此，你要小心我，离开吧！
因此，你要闭上你的眼睛。

离开吧！离开吧，但不要走陆地，
游开吧！游开吧，但不要去海洋。
飞走吧！飞走吧，我的好人儿，
但不要接触空气。

我们闭着眼睛对视，
我们紧闭嘴唇交谈，
我们隔着厚墙相拥。

我们这一对并不可笑，
森林代替月亮在闪耀。
一阵狂风掀起了你夫人的
放射性外衣，皮拉姆！

亚特兰蒂斯岛[1]

存在，或不存在，
是在岛上，还是不在岛上，
是海洋或者不是海洋，
是已吞没还是没有吞没。

是有人爱上别人？
是有人在和别人斗争？
是一切均已发生还是没有发生。
是在那里还是在别处。

那里有七座城市，
是不是确凿无疑？
它们想永久存在，
证据又在哪里？
他们没有发明火药，没有。
他们发明了火药，是的！

---

1 亚特兰蒂斯是古希腊传说中的一个岛屿，相传为古代文明的发源地。

他们猜测，他们怀疑，
他们没有记住，
没有脱离空气，
脱离水、火和大地。

没有凝结成石头，
没有变成水滴，
不能认真地
作出警告的表示。
陨石落下，
这不是陨石。
火山爆发，
这不是火山。
有人在呼唤某种事物，
没有人呼唤任何事物。

正加负就是亚特兰蒂斯。

任何事物
都不会发生两次

任何事物都不可能发生两次，
重现时也不可能完全相同。
因此，我们出生时毫无经验，
我们死时也总是感到陌生。

虽然我们是全世界的学生中
最懒最笨的学生，
我们也不会再去重读
任何一个夏天和冬天。

决不会有两个相同的白天，
也不会出现两个相同的晚上。
决不会有两个同样的亲吻，
也不会有两种同样的眼神。

昨天，有人在我身边
大声说起你的名字。
这对于我，犹如从敞开的窗口

扔进了一枝玫瑰花。

今天，当我们再次重逢，
我却把脸转向墙壁。
玫瑰花？玫瑰花是什么样？
难道这是鲜花？也许是块石头？

为什么你，可恶的时光，
会和不必要的恐惧混杂在一起？
你来了——但你又必须离去，
你离去——却又如此美好。

我们微笑着，相互紧紧拥抱，
试图在寻找我们的一致之处，
但我们依然有所不同，
就像两滴纯净的水珠。

一次没有举行的喜马拉雅山征程

啊，这就是喜马拉雅山，
山脉向着月球飞奔。
进发的时刻，
突然停留在撕裂的空中。
云雾覆盖着荒原，
冲击未获成功。
回声——白色的沉默，
一片岑寂。

雪人，下面是星期三，
是字母、面包，
是二加二等于四，
是冰雪消融。
那里，鲜红的苹果
被削成了十字形。

雪人，在我们这里
并不是全是罪行，

雪人，并不是所有的言论
都要判处死刑。

我们继承了希望，
还有忘却的天赋。
你看见我们在废墟中
如何生儿育女。

雪人，我们拥有莎士比亚，
雪人，我们会拉小提琴。
雪人，每当黄昏来临，
我们便点起了灯。

这儿，不是月亮也不是大地，
这儿连眼泪都会结成冰柱。
啊！传说中的雪人，
请你留下吧！请你回来吧！

在冰雪围成的四面冰墙中，
我呼唤着雪人。
我跺着脚，
为了取暖，
在这终年的积雪上。

× × ×

（从容不迫的历史）

从容不迫的历史，
给我吹起了小号。
我居住的城市
名叫耶利霍。

塔塔塔，墙连着墙
和我一起倒下。
我赤身裸体
站在空气的外衣下。

你们整齐地吹起小号，
和整个乐团一起演奏，
我的皮肤已经脱落，
我的骨头露出了白色。

滑稽戏

先是我们的爱情消失，
后是过去了一两百年，
我们又重新相聚在一起。

一对男女喜剧演员，
——观众喜爱的明星，
把我们两个来扮演。

那是一出短小的滑稽戏，
载歌载舞，令人捧腹不已。
里面还有生动的风习场景，
以及观众的热烈掌声。

你在舞台上可笑之极，
由于你的嫉妒
和你的那条领带。

我也感到晕头转向，

我的心也和王冠一样，
愚蠢的心破碎了，
王冠也掉在了地上。

我们相聚又离别。
笑声充满整个演出大厅，
即使相隔七重山、七条河，
我们都会把对方想念。

仿佛我们还没有受够
现实生活中的挫折和痛苦，
还要用言语来互相攻击。

到最后我们又握手言和，
结束了这场滑稽戏，
演职员们笑得眼泪直流，
然后便进入了梦乡。

他们将美好地生活，
他们驯服了爱情，
老虎从他们手上吃食。

我们永远是这样的人：
戴着带铃铛的帽子，
永远听着那些铃铛
发出粗野的响声。

永志不忘

他们爱上了榛树，
在露水的阳光下。
他们把枯叶和泥土
都撒在了头发上。

燕子的心啊，
请你怜悯他们吧！

他们跪在湖边上，
梳理着发上的树叶，
鱼群在水中游动，
像星星般地游向岸边。

小燕子的心啊，
请你怜悯他们吧！

树木的倒影
在涟漪中冒烟，

小燕子，你快去看看，
要他们永志不忘这景象。

小燕子，你是云之刺，
空气之锚，
改进了的伊卡洛斯，
像燕尾服在高空飞翔。

小燕子，像书法艺术
像没有分针的时钟，
早期鸟形的哥特建筑
一直伸向天穹。

小燕子，深沉的寂静，
欢乐的悲哀，
情人们的荣光。
请你怜恤他们吧！

我构想世界

我构想了一个世界，这是第二版，
第二版，修改过的版本。
它令白痴们发笑，
它令伤感者痛哭不停，
它令秃子们拿起梳子，
它令狗都穿上了靴子。

这是第一章：
有关动物和植物的论述，
其中对每一个品类
都有相应的辞典。
即使你向鱼道声
简单的日安，
也会让你、鱼和一切
坚定生活的信心。

过去只是一种预感，
如今突地变成词句，

这是森林的即兴创作！
这是猫头鹰的史诗作品！
这是眼镜蛇创作的
警句。每当我们
深信无疑时，
却什么也不是，
只不过是在睡觉！

时间（这是第二章），
有权参与这一切，
无论是好还是坏。
但是那个能移山倒海的人，
那个参与星移斗转的人，
对恋人们却毫无任何权力，
因为他们太过于赤身裸体，
因为他们紧紧拥抱在一起，
灵魂惊恐不安，
就像胳臂上的麻雀那样。

衰老在罪犯的一生中
不过是一种道德准则，
啊，因此我们大家都是年轻人！

痛苦（这是第三章），
肉体的痛苦令人难受。
而死神，
当你睡着时
便会来临。

你会梦见
再也不需要呼吸，
窒息的寂静
是美妙的音乐。
你小得有如火星儿，
在旋律中熄灭。

死不过如此。其痛苦

有如你手持一朵玫瑰。
你所受到的惊吓
不会超过你看见
花瓣掉落在地上。

世界不过如此，
生活也不过这样，
死亡也仅此而已。
其余的一切——就像
在锯上演奏巴赫的乐曲。

SÓL

WISŁAWA SZYMBORSKA

1962

盐

猴 子

猴比人更早地被赶出了天国，
它有双诱人的眼睛，
只要它朝公园环视一番，
连天使都会出乎意外
为它伤心。尽管它不乐意，
还是不得不在这块土地上，
创立起繁荣昌盛的种族。
它爱跳爱拿而又十分警惕，
直等今天它还具有
第三等的娇美。

在古埃及，它很受尊崇，
就像猎户座上的银色
鬃毛里的跳蚤一样。
它沉默不语地听着
他们对它需要什么，
大家都希望它长生不老。
离去时晃动着它的红屁股，

表明它既无要求也不索取。

在欧洲它被剥夺了灵魂，
只是不经意地保存了两只手。
一个僧侣要画一幅圣像，
却给她添加了一双猴的瘦臂膀。
这位女圣像不得不像乞求那样
去获取干果。

温暖如婴儿，抖动如老人，
它被大船从海外运到了王宫。
被金色链条锁住不停叫喊蹦跳，
身着鹦鹉色彩的侯爵外衣。
卡珊德拉，你为什么发笑？

在中国的餐厅里，
它被烧烤或被烹煮，
出现在瓷盘上。

一副讽刺讥笑的姿态，
就像包装错了的钻石，
它的脑子虽不那么聪明，
据说可是一道美味佳肴。

在童话里它很孤独又不自信，
爱在镜子里做着各种鬼脸，
嘲笑自己，给人以好印象。
就像是个了解一切的穷亲戚，
虽然我们对它也并不欺骗。

教 训

亚历山大王是何人，这是谁用过的剑？
要为谁去解开那个无法解开之结？
谁也没有为别人想起任何的事情。

上百名的哲学家——谁也没有把结解开。
如今他们统统躲在角落里，这毫不奇怪。
他们的大兵都在摆弄着自己的胡子，
是卷曲的灰白的山羊胡子，
于是大家都发出了阵阵狂笑声。

够了。国王从带羽毛的帽子下面抬头一望，
便跃身上马，策骑前进，
随即鼓号齐鸣，声震长空。
这支不知由何人为了何事而聚集的军队，
投入到了不知向何人为何事的进攻中。

博物馆

有菜盘，却没有激起食欲的佳肴，
有戒指，却没有相互爱恋的配偶，
如此情景已持续了三百年之久。

有扇子，哪儿有轻摇它的娇羞美人？
有利剑，哪儿有使用它的愤怒剑客？
有诗琴，却无人在黄昏时把它拨动。

只因世上缺少万物不变的永恒，
人们才收集了这上万件的古董。
年老的看守人在甜美地打着盹儿，
一大把胡须摊靠在橱窗上。

金银铜铁，泥塑和羽饰，
都在静静地经受时代的考验，
只有埃及女艺人的一只发簪在窃笑。

那顶王冠曾为多少帝王的头颅加冕，

那只手套比戴过它的手更加长久，
那只右脚的皮鞋战胜了右脚。

而我依然活着，请你们相信，
我和衣服的竞赛仍在继续，
然而它的战斗意志竟是那么执着，
竟想要超越我的生命继续存活。

在特洛伊的片刻

一群小姑娘，
瘦削而又不相信，
脸颊上的雀斑会消失。

她们走在世界的眼睑上，
并没有引起人们的注意。

她们的长相很像父亲或者母亲，
她们为此而感到真正的不安。

离开了杯盘，
离开了书本，
摆脱了镜子，
她们被带到了特洛伊。

转瞬之间她们来到一个大存衣间，
她们把自己打扮成了美丽的海伦。

在一片惊叹和长裙的沙沙声中，
她们踏上了王宫的阶梯。

她们感到轻飘飘的，
她们知道
美就是休息，
话语能表达嘴里的意思，
姿态就是一座座雕像，
不由自主地受到灵感的驱使。

她们那漂亮的小脸蛋儿，
骄傲地竖立在脖子上，
值得撵走那些使臣，
值得人们去围观。

电影中的黑发男人，
女同学的兄弟们，
艺术课的老师们，

啊，他们都为之倾倒。

年轻的姑娘们，
从微笑的高塔上
望着城市的灾祸。

年轻的姑娘们，
在这种兴奋的仪式中
感到束手无策。

年轻的姑娘们，
在废墟的背景上，
在城市燃烧的冠饰上，
耳上戴着令人哭泣的耳环。

她们脸色苍白，但无一滴眼泪。
她们饱赏着美景，
怀着胜利的喜悦。

由于必须回去，
她们才愁容满面。

年轻的姑娘们，
正在返回家乡。

影 子

我的影子是王后的小丑，
当王后从椅子上站起，
小丑的头发竖立在墙上，
他的脑袋碰到天花板。

也许他生活在二维世界里，
他以自己的方法感受到痛苦。
他在我的庄园里很不愉快，
他宁愿扮演另一种角色。

王后俯身窗外，
小丑从窗口跌到地上。
每次两个都做同一个动作，
但不是一半对一半。

我的小丑独自揽下了王室
所有的指责和无耻行为。
而我是无力承受这一切：

王冠、权柄和国王的长袍。
啊！我的胳膊活动轻松，
啊！我的头脑转动灵活。
国王啊，在我们告别时，
国王啊，在某个火车站。

我的王啊，是这个小丑
此刻正横卧在铁轨上。

其余

奥菲莉亚唱起了疯狂的歌曲，
她惶恐不安地跑下了舞台，
是长裙太皱了，还是那头长发
没有按照应有的样子垂在肩上。

太过于真实了。洗去了眼睑上
的过分绝望——作为波洛涅斯的亲生女儿，
她精确地数起了从头发上取下的叶子。
奥菲莉亚，让丹麦来宽恕我和你，
我死在翅膀上，经历了真正的背叛，
并非所有的死亡都出于爱情。

流浪者

在巴黎，从清晨到黄昏，
在巴黎就像
在巴黎，它
（帮帮我吧，这描写太幼稚了！）
在花园里的一座石头大教堂边
（它未曾建造过，啊，没有，
在诗琴上也没有演奏过它），
一个流浪者，世俗僧人，唱反调者，
睡着，一副在石棺中的姿势。

即使他曾拥有过什么，如今均已失去，
失去了，却不想再得到。
他本该得到参加过高卢战役的津贴，
但他并未享受，这已成了往事。
十五世纪就没有付给他报酬，
由于他摆了个流氓的姿势——
他早就忘了，他不再等待。

他专给邻家的那些狗剪毛，
挣到的钱便拿去喝酒了。
他以梦想发明家的姿态睡觉，
他把翘起的胡子朝向大阳。

他们用石头刻了许多灰色怪物
（如地狱象、河马等，
各种各样动物，奇形怪状，
如同哥特式的快板），

它们好奇地观察他，
却从未注视着你或我：
谨慎的彼得，
好动的米哈乌，
机灵的艾娃、
巴尔巴娜、克拉娜。

话 语

“波兰？波兰原文是法文。那儿冷极了，真的吗？”她问我，欣慰地叹了口气。现在世界上出现了这么多国家，最保险的话题就是气候。

“啊，夫人，”我想告诉她，“在我的国家，诗人们都是戴着手套写诗的。我不是说，他们从不脱下手套。如果月光能把他们照暖，他们就会脱下来。这些诗句是由隆隆的雷鸣声构成，诗句里包含着咆哮的风暴声。他们歌颂海豹饲养人的简朴生活。而古典派诗人则用墨水的冰柱去描写漂动的冰块。其余的，那些颓废派诗人则用一片片雪花去悲哭他们的命运。如果谁想要淹死自己，那他就必须有一把斧头，以便劈开冰层。啊，夫人！我亲爱的夫人！”

我就是想这样回答她的，可是，我忘记了“海豹”这个词的法文是怎样说的，对“冰柱”和“冰块”这两个词我也没有把握。

“波兰？波兰？那儿冷极了，真的吗？”

“一点儿也不！”我冷冰冰地答道。

旅行悲歌

这全都是我的，但不为我所有，
没有什么为记忆所有，
只有当我看着时才归我所有。

刚刚想起，便又不相信
自己脑海中的女神。

沙莫科夫城总是下雨，
除了下雨就没有别的。

巴黎从卢浮宫到指甲，
都为白翳所笼罩。

圣马丁林荫路上只剩下阶梯，
一直通到看不见的地方。

在桥梁纵横交错的列宁格勒，
并没有超过一座半大桥。

可怜的乌普沙拉，
只不过是大教堂的翻版。

索菲亚的不幸舞蹈演员，
是一具没有脸孔的躯体。

分开来看，他的脸孔没有眼睛，
分开来看，他的眼睛没有眼珠，
分开来看，这是猫的眼珠。

高加索的雄鹰飞翔在
修复后的山脊上，
非真实的金色太阳上，
以及虚假的岩石上。

全部是我的，但不为我所有，
没有什么为记忆所有，
只有当我看着时才归我所有。

不计其数，无边无际，
单个说来，又细小得如一根线，
一粒沙、一滴水，
——这就是风景。

我丝毫也不想保留
它那完全清晰的轮廓。

欢迎和告别，
同在一瞬间。

是超量还是短缺，
都是在脖子
转动的刹那间。

无题

他们就这样单独地留下了，
沉默寡语，一言不发。
在彼此的不相爱中
却能和睦相处真是奇迹——
高天云层中的响雷，
把他们变成石头。
两百万册的希腊神话，
也无法拯救这对情侣。

即使有谁站在门里，
哪怕出现和消失只是一闪，
高兴，悲伤，来来往往，
激起笑声还是恐惧。

但什么事也没有发生，
只有他们自己。
没有任何的真实性，
如同在市民喜剧中。

最后的分离完全合情合理，
即使天空之洞也无法使他们理喻。

在无法动摇的墙壁背景上，
他们一方为另一方感到悲伤。
他们站在镜子前，那里别无他物，
只有真实的映象，
除了两人映象别无他物，
物质已产生高度的警觉。

它身长体宽，又高又大，
在地上，在空中，在四周，
都在监视着天赋的命运，
——就像房间里突然跃出一只狍子，
便使宇宙遭到崩溃。

意外相逢

我们相互都非常客气，彬彬有礼，
我们都说多年后相见倍感亲切。

我们的老虎正在喝牛奶，
我们的隼鹰正在赤脚行走，
我们的鲨鱼正在沉入水中，
我们的野狼正在开着的笼前打呵欠。

我们的蛇摆脱了闪电，
猴子摆脱了灵感，
孔雀脱去了羽毛，
蝙蝠早已飞离我们的发间。

我们话到中途便沉默了，
我们无可奈何地笑着，
我们的人
相互都不会交谈。

金婚纪念

他们过去一定有所不同，
如同水火那样截然不同，
他们在色欲中占有和付出，
指责对方的差异和个性。
他们紧紧拥抱，
相互占有相互疏远，
是这样的长久。
以至于在他们的臂膀中，
只留下闪电掠过之后的透明空气。

某一天，问题还未提出便有了回答，
某一夜，他们在黑暗中，
沉默地猜测着
彼此眼中的神情。

性别模糊了，秘密消失了，
相似中出现了差异，
如同所有色彩都退化成了白色。

他们中谁有双重身份，谁没有？
谁用两种笑声大笑？
谁用两种声调说话？
谁用点头表示赞成？
他们用谁的手势把汤匙送到嘴边？

是谁在这里剥下另一个人的皮？
是谁还活着，谁已死去？
是缠绕在谁的掌纹中？

凝望缓缓产生了双胞胎，
亲切是最完美的母亲。
两个孩子很难分辨清楚，
一个认出，另一个刚记住。

在金婚的日子，在隆重的纪念日里，
他们同时看见一只鸽子落在窗台上。

雅斯沃[1]附近的饥饿营

写下它，写下它。用普通的墨水，
在普通的纸上：不给他们饭吃，
所有的人都饥饿了。所有的人？多少人？
这是一片大草原，每个人
能得到几根草？写下：我不知道。
骷髅的历史记录在圆圈之中，
一千零一个总还是一千，
这一个也许从来就没有过：
一个虚构的胎儿，一只空摇篮，
一本不为任何人打开的识字课本。
空气在微笑、在叫喊、在增长，
阶梯伸向果园荒芜的地方，
队列中没有任何人的位置。

我们来到那座躺满尸体的草原，
草原像被收买的证人那样沉默，

---

1 雅斯沃位于波兰东南部。

阳光普照绿地。森林就在边上，
他们饥啃木头，渴饮树汁，
每天都是这番景象，
直到再也看不见。飞鸟高翔，
它那强有力的翅膀的影子，
沿着嘴唇不断地移动，
颌骨张开，
牙齿相互碰撞。

映照在夜空中的一弯镰刀，
正在切割梦中的面包，
变黑了的圣像伸开双臂。
手中举着一只空酒杯，
有个人在形状不同的铁蒺藜上，
摇摇晃晃，站立不稳，
嘴里含着泥土在唱歌。
这首有关战争的美妙歌曲，

直接击中人们的心灵。
快写下，这里多么寂静。
确实如此。

寓言

渔民们撒下渔网，从深海里捞起了一只瓶子，瓶子里有一张纸，上面写着这样的字句："人们啊，快救救我吧！我在这里。海洋把我抛弃到一个无人的岛上，我伫立在岸边等着救助。请你们快来救我！我在这里！"

"没有日期。现在一定太迟了。瓶子很可能在海上漂流很久了。"第一个渔民说道。

"地点也没有标明，我们甚至连哪一片海都不清楚。"第二个渔民说道。

"既不太迟，也不很远。到处都有名叫'这里'的岛屿。"第三个渔民说道。

他们感到很不自在，因而出现了沉默。真理往往就是如此。

歌谣

这是关于被杀女人的歌谣，
那女人突然从椅上站起。

这歌谣完全真实可信，
已经写在了纸上。

就在那扇窗帘拉开的窗户，
事情发生在明亮的灯光下。

凡是想看的人都能看见。

房门关上了，
凶手从楼梯逃走，
而她就像活人一样，
被突然的寂静惊醒。

她站起身来，转动着头，
用戒指那样痴呆的眼睛

朝四面的角落察看。

她没有抬起眼睑，
而是扫视着普通的地面，
以及发出吱嘎声的地板。

凶手留下的所有足迹
都已在炉中烧灭，
甚至连所有的照片，
还有柜子底上的
那些针针线线。

她不是被扼死，
她不是被枪打死，
她死于不明不白。

也许她会显示出生命的迹象，
会因各种细小的原因哭泣，

也许会突然见到老鼠，
被吓得大喊大叫。
她就有
这许多弱点和可笑之处。
这不难伪装。

她像平常站起那样站起，
她像平常走路那样行走。
她一边梳头一边歌唱，
她的头发还在继续生长。

共饮
葡萄酒

他望着，增添了我的姿色，
我便把他据为己有，
我幸福地吞下一颗星星。

我允许自己想入非非，
在他的眼里映照出
我的影像。我跳舞，我跳舞！
迅捷地摇动着翅膀。

桌子依然是桌子，酒还是酒，
杯中的酒也依然是杯中酒，
酒杯摆放在桌子上，
但我却是虚构的，
虚幻到令人难以置信，
虚幻到让我流血的地步。

我告诉他我的真心愿望：
像蚂蚁那样殉情于

蒲公英的星座下。
我发誓，洒上了
葡萄酒的白玫瑰会歌唱。

我大笑，我谨慎地
低着头，像是在检查发明。
我跳舞，我跳舞，
身穿令人惊奇的皮衣，
投入为我而设的拥抱中。

出自肋骨的夏娃，
出自泡沫中的维纳斯，
出自丘比特脑袋里的密纳发[1]，
她们都要比我更加真实。

当他不望着我时，

1　古希腊神话中的雅典娜。

我就在墙上
寻找自己的影像，
我只看见一颗钉子，
画已从钉子上拿走。

鲁本斯[1]的女人

女巨人，雌性的动物，
赤身裸体有如轰响的木桶，
慵懒地躺在破旧的板床上，
睡着了，张着流口涎的大嘴。
她们的眼珠已遁入深处，
直达到腺体的核心，
酵母从中吸吮着鲜血。

巴罗克的女儿们，
面团在瓷盆里发酵膨胀，
浴室蒸汽弥漫，酒发出红光，
一群小猪似的云彩在空中驰过，
号角吹响，向肉体发出警报。

啊，南瓜似的肥胖的女人们，
衣服一脱便会增胖一倍。

1　鲁本斯（1577—1640），佛兰德斯画家。

姿势猛地一变便增加二倍，
你们真是爱情的油腻菜肴！

她们的苗条姐妹早已起床，
刚刚破晓，便闪现在画中。
谁也没有看见她们排成一行，
走向画布还没有着画的一侧。

有风格的女流放者们，
她们的肋骨清晰可见，
她们的手脚具有鸟类的本性，
想要用竖起的肩胛骨腾空飞走。
十三世纪会给她们金色的背景，
二十世纪——会给一个银幕，
十七世纪没有什么适合她们的平胸。

因为就连天空也是鼓胀凸起的，

鼓胀凸起的天使，鼓胀凸起的神——
蓄胡子的太阳神骑着骏马
汗涔涔地驰进了骚动的凉台。

花腔

她站在人造的树枝下，
歌唱永恒的飘落，
用意大利语的音符，
用银铃般的和细如蜘蛛
分泌物那样的声音。

她爱那个唱 C 调的人，
而且永远都想爱他。
为了他，她的喉中有面镜子，
三次把四分之一的词拉长歌唱，
她把面包切碎并和上奶油，
去喂瓷瓶上的小绵羊，
金线饰物上的小淘气鬼。
但我是否听清楚了？真糟糕！
黑管悄悄来到她的身边，
沉重的音乐把零乱的眉毛
竖起，甚至半弯半曲。
低音歌手普罗万达，你行行好吧！

你想让她保守秘密，你要把她
带到世界的冰冷的后台？
带到那永远嘶哑的地方？
带到咳嗽的塔尔塔洛斯[1]？
那里将永无休止发出呼噜声？
那里不幸灵魂的鱼嘴在摆动？
就是在那样的地方吗？

啊，不！啊，不！在不吉利的时辰，
她不会变换自己脸上的表情！
在听过声音的头发上，
命运仅仅动摇了一瞬间，
只是让她能喘息一下呼吸，
让回声能达到天花板顶，

1 塔尔塔洛斯是地狱的代名词，其周围是三层黑暗，三道铜墙，狂风怒号不息。

回到它那晶莹的平静的声音中，
像灯光那样洒满全场。

男子健美比赛

从下颌到脚跟全身紧张，
身上是橄榄油的天地，
谁若是长得像鼓胀的甜馅饼，
那他一定会被选中。

他的肩膀像熊的一样，
威风凛凛（尽管他完全不是这样）。
三只隐形的美洲豹，
遭到三次打击后倒在了地上。

这位健将弯着腿，叉开双脚，
他的腹背有二十五种表情，
人们向他热烈鼓掌，
他高举双手鞠躬致敬，
希望得到相应的维他命。

作家晚会

缪斯，作家根本不是拳击手，
应邀前来的捧场听众为数不多。
大厅里只来了十二个人，
可是已到了我们开始的时间。
一半人是因为躲雨才进来，
其余都是亲属。啊，缪斯！

女人们在这秋日之夜宁愿早睡，
她们只有在拳击比赛上才会呐喊助威。
只有那里才会出现但丁的舞台，
以及升天的景象。啊，缪斯！

不当拳击手，要当诗人，
要对沉重的诺尔维德[1]做出判决，
由于肌肉的欠缺而向世界展示
未来的学校课本——在最幸运的机遇中，

1　诺尔维德 (1821—1883)，波兰诗人和画家。

啊，缪斯！啊，佩格斯[1]！
你这神马天使。

在第一排，有个老人在做着甜美的梦。
他梦见死去的妻子从坟墓中复活，
还为老人烤制了一块李子馅饼，
火虽不大，但馅饼已有点烤焦。
我们开始朗诵。啊，缪斯！

1　佩格斯是古希腊神话中的神马，与九位缪斯有联系。神马成了诗人灵感的象征。

墓志铭

这里躺着一个老派的女人，
像个逗点。她是几首诗的作者，
大地赐予她永久的安息，
她生前未曾加入任何文学派别。
她的坟墓没有豪华的饰物，
除了这首小诗、牛蒡和猫头鹰。
路人啊，请你拿出包里的计算器，
去思考一下希姆博尔斯卡的命运。

喜剧的序幕

他给自己制作了一把玻璃小提琴，因为他想听一听音乐。他把小船拉上山脊，期待着海洋能到达他那里。晚上他读起了“列车时刻表”，读得津津有味，终点站让他感动得泪水横流。他经常把玫瑰栽种成 u 字形。他写了一首诗歌颂毛发的生长，后来又以同样的题材写了第二首诗。他弄坏了市政厅的时钟，为了要永远制止树叶掉落。在香葱生长的小山谷，他想要挖掘出一座城市。他把地球绑在脚上行走，一边微笑着，一边慢慢地移动。他和地球结成为二，二就是二，全都感到非常快乐。人们告诉他，根本就没有他这个人，而他更不会因悲伤而死去，他还得再出生一次。也许他已经生活在某个地方了，眨巴着眼睛，正在茁壮地成长。他来得正是时候！他生活在一个美好的时代！为了给慈悲的圣母，为了给甜美的理智机器以适当的娱乐，一个小丑适逢其时地到来了。

图 画

如果上帝的选民都死得如此年轻，
那么，余下的生命该如何处置？
如果青春是生命的巅峰，
那么老年就是一个深渊。

我不想再向前行，
我要保持年轻，即使需要单腿站立。
我要用胡须去触及空气，
这胡须细小得如老鼠的叫声。
我以这种姿态不断获得重生，
我不知道别的艺术。

然而，我永远都是如此：
戴着魔法手套。

表示尊敬的诗

有一次，有人想出了一个数字零，
在一个不确定的国家，
在一颗也许已昏暗的星星下，
他发誓说他不记得是哪一天了，
连一个引起争议的名字都没有。
他不想让这个零成为生活的金色梦想，
或者像神话一样。
他说有一天他把采下的玫瑰
写上零字，并捆成一把花束。
等他要死的时候他要骑上一匹
上百个驼峰的骆驼来到沙漠中。
在特大棕榈树的阴影下酣然入睡。
当他醒来时一切都已数过一遍，
甚至连一粒子也不放过。这个人是谁？
在事实和想象之间的缝隙
避开了我们的注意力。
他反抗任何的命运，
他拒绝我给予他的任何形象。

他的周围一片寂静，
他的声音也无伤痛，
他的不在犹如一幅背景，
零这个数字本身就已写成。

× × ×

（我离他太近了……）

我离他太近了，他不会梦见我。
我既不会在他的头上飞翔，
也不会躲避他，藏在树根下。
我太接近他了。
网中的鱼没有用我的声音歌唱，
戒指也不会从我的手指上掉落。
我太近了。一座大楼着火，
我不在那里，有人喊救命。太近了。
就连我头发上的铃铛也无法敲响，
太近了。我无法像宾客那样走进，
墙壁也不会在客人面前自动移开。
我再也不会第二次死得这样轻松，
完全不像是我的肉体，浑然无知，
就像以前在他梦中那样。我太近了，
太近了。我听见这个词的声音，
我看见这个词的闪光的表皮。
我静静地躺在他的怀中，他睡着了。
那位只有一只狮子的马戏团的售票员，

尽管只见过她一次，却比躺在他
身边的我还要更亲近。
现在对她说来，他俨然是一座山谷，
红叶环绕，在浅蓝色的空气中
被一座雪山封住。我太接近了，
难以从天上向他降落。我的喊叫
也许能把他唤醒。我太可怜了，
竟受到自己形体的限制。
我是一棵白桦，我是一条蜥蜴，
我想从时间的茧子中挣脱出来，
改变我的肤色，我拥有
从吃惊的眼睛里消失的特权。
这是家中之宝，我太接近了，
近得难以让他梦见我。
我从沉睡者的脑袋下面抽出手臂，
它已麻木，布满了细小的针刺，
每根针尖上都坐着一个堕落天使，
等着他去点清。

在
巴贝尔塔上

几点钟啦？——是的，我很幸福。
我所需要的仅是脖子的小铃铛。
当你睡觉时，它会叮当作响。
——难道你没有听见暴风雨？
狂风敲击着墙壁。
塔门宛如一头狮子张开大口打呵欠，
还伴随着门扣的吱嘎声。
——你怎么忘记了？
我穿着一件普通的灰衣裙，
肩上扣扣的。随后天空
便突然电闪雷鸣——我怎么能进去，
而你也并非独自一人。突然间，
我看见前面五光十色——可惜的是，
你没有答应我——你有道理。
那一定是场梦——你为何要骗我？
为什么你对我说起她的名字？
你还爱她吗？——啊，是的。
我多么想你和我在一起——我不悲伤。

我早该想到会有这种结果。
你一直还想着他吗？——但我没有哭。
难道一切都完了？除了你，我没有别人。
至少你很诚实——你就放心好了。
我要离开这座城市——你就放心吧，
我会离开这里——你的手真美。
——这事发生很久了，刀尖没有
触及骨头——这没关系，
我亲爱的，这不要紧。
我不知道，也不想知道，
现在是几点钟。

梦

我的牺牲者，我的已化成炮灰的人，
我的大地，你变成和相片上的一样：
脸上带着树叶的阴影，手里拿着海螺，
来到我的梦中。

你游历了从不消失的黑暗王国，
你游历了永远为自己开放的荒漠，
你经历了七次、七次、七次的寂静。

出现在我眼睑里面，
在他惟一能进入的世界里，
他那颗被枪杀的心还在跳动，
一阵大风把他的头发吹乱。

我们中间开始出现一座草原，
云和鸟群在天空中不停飞翔，
群山悄悄地屹立在地平线上，
江河流向低处在寻找大海。

人们从远路就看到，
白天和黑夜同时出现，
而一年四季也会同时被认识。
月亮会把它的四方形扇子打开，
雪花伴和着蝴蝶一起旋舞，
果实从开花的树上掉了下来。

我们相互走近。我不知道
是流着眼泪还是带着微笑。
再前进一步，
我们就能听见你的海螺声。
仿佛有千百支交响乐队，
在为我们演奏婚礼进行曲。

水

一滴雨水落在我的手上，
它由恒河和尼罗河的水凝成。

它来自海豹胡子上的天籁冷霜，
它来自 Ys 和 Tyr 城的破碎的水罐。

在我手指所指的地方，
里海是一座开放的海。

太平洋亲切地流进了鲁达瓦河，
流进了巴黎上空飘荡的云彩。

那是在七百六十四年
五月七日的凌晨三点。

没有足够的嘴来说出
你那些转瞬即逝的名字，水啊！

我要用所有语言来称呼您，
同时要说出所有的母音。

与此同时，我还得保持沉默，
为了那个还没有任何名字的湖泊。

地上没有这湖泊——如同天上的星星，
在湖中映出了它们的倩影。

有人溺水了，有人在奄奄一息时
向你呼救，
在很久以前，在昨天。

你冲毁房屋，你卷走一家人，
你拔起树木、森林，毁坏城镇。

你在洗礼仪式上和交际花的浴缸里，
在亲吻中，在棺木中。

你侵蚀石头，你哺育彩虹，
你在金字塔的汗水里，
你在丁香花的露珠中。
这滴雨是多么的轻盈，
世界对我的抚摸多么温存。

不论何时何地发生何种事情，
都已被写入巴贝尔的水中。

在赫拉克利特的河里

在赫拉克利特的河里，
一条鱼正在捕鱼，
一条鱼用另一条尖刺的鱼去撕碎一条鱼，
一条鱼创造着另一条鱼，
一条鱼栖息在另一条鱼里面，
一条鱼从另一条被包围的鱼里逃脱。

在赫拉克利特的河里，
一条鱼爱上另一条鱼，
你的眼睛闪烁——他说——像天上的鱼群
我愿与你一起游向大海，
啊，你这鱼群中的姝丽。

在赫拉克利特的河里，
一条鱼构想出鱼中之王，
一条鱼向这条鱼跪拜，
一条鱼向这条鱼唱歌，
一条鱼向这条鱼祈求，

为了游得慢一些。

在赫拉克利特的河里，
我是一条单独的鱼，一条与众不同的鱼
（却不是树鱼、石鱼）。
我在单独的瞬间描写小鱼，
就像银光闪闪的鱼鳞那样短促，
也许只是黑暗羞怯地眨巴一下眼睛。

内容提要

约伯，在肉体和财富遭受痛苦之后，便诅咒起人的命运来。这是伟大的诗。他的朋友们来到他身边，并把自己的长袍撕破，在主面前追究约伯的罪过。约伯哭叫说：他是个正直的人。约伯不知主为何要惩罚他。约伯不想和他们谈话。约伯只想和主谈话。主乘着旋风车来到了。他展开自己的形体，赞美自己的创造：天空、海洋、大地和动物，尤其是比希莫特和利维坦[1]这两个充满傲慢的怪物。这是伟大的诗。约伯听着，但主没有谈及正题，因为主不想谈到正题。于是约伯急忙在主面前谦卑地奉承一番。此时各种事件迅速出现。约伯重又得到了他的驴子、骆驼和牛羊，而且还全都增加了一倍。咧嘴大笑的脑袋使皮肤都放松了。约伯赞成这样。他同意这样做。约伯不愿破坏这部杰作。

1 比希莫特和利维坦为两大怪物。利维坦在圣经故事中是鳄鱼。

短讯

在第一个橱窗里，
放着一块石头。
我看见它上面
有模糊的图像。
这是天然的作品，
有些人这样说。

在第二个橱窗里，
是部分的头盖骨。
很难确定——
它是动物的还是人类的。
骨头不过是骨头，
我们还是朝前走吧，
这里什么也没有。

只留下了古老的
像星星那样的
敲石取火时

的星状物。
几千年变动的
可以对比的空间，
保存得完好。

就是它，
以其内容吸引着我们，
在梦这个词前面，
显现出了梦的范畴。
在梦中，一切生物
都将不断地繁衍，
而死亡也不称其为死亡。

就是它，
把我们的脑袋转变成人的脑袋。
从一点火星到星球，
从单个到无数，
从每一个到全体，

从太阳穴到太阳穴。
凡是睁不开眼睑的人，
它都给我们打开眼睛。

天空从石头上飞走。
手杖在终极的密林中，
分出了枝丫。
毒蛇伸出了舌头，
从本身的一大堆原因中。
时间在树木的年轮中
摇摆不定。
惊醒者的叫喊声
扩展成无数的回声。

在第一个橱窗里，
放着一块石头。
在第二个橱窗里，
是部分的头盖骨。

我们让动物减少了，
谁会来减少我们，
通过什么样的类似手段，
采用什么样的对比方法。

和石头交谈

我敲响石头的大门
——是我，请让我进去。
我想进到你里面，
看看你的四周，
呼吸你的气息。

走开——石头回答，
我紧闭密封，无缝可进，
即使把我打成碎块，
我也封闭得很紧。
即使把我研成细沙粉末，
我们也不会放人进来。

我敲响石头的大门
——是我，请让我进去。
我是出于纯粹的好奇，
一生中仅有的一次机遇。
我想造访你的殿堂，

然后再去看看树叶和水珠。
可是我的时间所剩无几，
我之将死定会把你感动。

我是石头——石头回答，
因此我必须无动于衷。
从这里离开吧，
我连笑的肌肉都没有。

我敲响石头的大门
——是我，请让我进去。
我听说里面有空旷的大厅，
不让人看看，再美也是枉然。
一片寂静，没有任何脚步声，
但你该承认，你自己也不是很清楚。

空旷的大厅——石头说道，
但里面没有你待的地方。

也许很美，但不合乎
你那想象贫乏的趣味。
你能见到我，但永远不会了解我，
我会把我的整个外表向你展示，
却不会让你知道我的内蕴。

我敲响石头的大门
——是我，请让我进去。
我并不想在你里面久留，
我不是个时乖运蹇之人，
我也不是个无家可归的人，
我的世界令人流连忘返。
我将空手而入，空手而出，
只要证明我真的到过这里。
除了言语，我没有别的表达方式，
而言语又往往不能让人相信。

你不能进去——石头说道，

你缺乏参与的意识，
而其他意识都不能代替参与的意识。
即便有洞穿宇宙的眼睛，
对你也毫无用处。
你不能进去，因为你刚刚萌生愿望，
只有它的最初联想和想象力。

我敲响石头的大门
——是我，请让我进去。
我不能等二十万年，
才能进到你的里面。

如果你不相信我——石头说道，
你就去问树叶，它的回答和我一样，
你去问问水珠，它的回答和树叶相同，
最后，你只要问问你自己的头发。
笑声震动着我，是一种响亮的笑声，
一种我无法笑出来的狂笑。

我敲响石头的大门
——是我，请让我进去。

我没有门——石头回答。

WISŁAWA SZYMBORSKA

（1923年7月2日—2012年2月1日）

维斯瓦娃·希姆博尔斯卡

波兰作家，诗人，翻译家

当代最迷人的诗人之一，享有“诗界莫扎特”的美誉。于 1996 年获得诺贝尔文学奖，是文学史上第三位获得该奖的女诗人。

她常以简单的语言传递深刻的思想，以精微的隐喻开启广阔的想象空间。

她的作品意象丰富、素材鲜活，于幽默中暗藏讥讽，以精确的讽喻揭示了历史及人类与自然、宇宙的关系。

图书在版编目（CIP）数据

我们为此而活着 /（波）希姆博尔斯卡著；林洪亮译. — 上海：东方出版中心, 2020.11

ISBN 978-7-5473-1725-9

Ⅰ. ①我… Ⅱ. ①希… ②林… Ⅲ. ①诗集－波兰－现代 Ⅳ. ①I513.25

中国版本图书馆CIP数据核字（2020）第215298号

著作权合同登记图字： 0920181123号

我们为此而活着

著　　者　〔波〕维斯瓦娃·希姆博尔斯卡
译　　者　林洪亮
统筹策划　郑纳新　张馨予
责任编辑　张馨予
装帧设计　付诗意

出版发行　东方出版中心
地　　址　上海市仙霞路345号
邮政编码　200336
电　　话　021-62417400
印 刷 者　上海盛通时代印刷有限公司

开　　本　787mm×1092mm　1/32
印　　张　7.5
字　　数　294千字
版　　次　2021年1月第1版
印　　次　2021年1月第1次印刷
定　　价　46.00元